大活字本シリーズ

千日のマリア《上》

小池真理子

埼玉福祉会

千日のマリア　上

装幀　関根利雄

目次

過ぎし者の標《しるべ》

五月の空は快晴だが、風が強い。細く開けておいたマンション五階の窓から、時折、びゅうびゅうと唸《うな》り声をあげて風が吹きこんでくる。

美貴《みき》はダイニングテーブルの上に用意した食べ物を籐《とう》のバスケットに詰め始めた。ハムやチーズ、プチトマトなどを形よく並べたプラスチック容器。箱入りのクラッカーとレバーペーストの小瓶。オレンジをひとつと大ぶりの枇杷《びわ》を四粒。近所のパン屋で買ってきたばかりの焼きたてのバゲット。ポット入りの熱い紅茶。紙コップに紙ナプキン、ピクニック用のナイフとフォークをそれぞれふたり分……。

六歳になる猫が、テーブルの上に飛び乗って来た。白地に小さな黒い斑《まだら》模様が入っている雌《めす》猫である。好奇心たっぷりにバスケットの中を覗《のぞ》きこみ、匂いを嗅いでいる。美貴は笑いながら猫の頭を撫《な》で、バスケットの蓋《ふた》を閉じた。

窓を閉め、鍵をかけ、車のキイを手にしながら、猫に話しかける。

「じゃあ、今年も行ってくるね。夜遅くならないうちに帰るからね」

マンションのすぐ近くに駐車場を借りている。バスケットを提《さ》げながら、美貴は風と光の中を歩く。どうしてこの日はいつも、風が強いのだろう、とふしぎに思う。

美貴がこうしてバスケットに食べ物を詰め、出かける日になると、まるで決まっていたかのように風が吹く。雨まじりの日でも、今日のように光があふれる日でも、いつも風が吹いていて、風に吹かれつつ、美貴はあの場所に行くことになるのである。

車の助手席にバスケットを置き、温室のように湿ったぬくもりのこもる車の窓を開け放ってから、イグニションキイを回す。エンジンが軽快に唸り出す。午前十時五分。平日である。どれほどゆっくり走っても、三時間はかからないはずである。

CDオートチェンジャーには、モーツアルトばかりを三枚、セットしてある。久爾夫《くにお》は音楽はロックもジャズも好んで聴いたが、クラシックはモーツアルト一辺倒だった。最後に監督した映画の、エンディングロールで流されたのもモーツアルトだった。

〝ヴァイオリンとヴィオラのための協奏交響曲〟……バンコクを舞台に、若い男女の、血で血を洗うような、無軌道で凄惨《せいさん》な犯罪を描いた映画だったが、最後に流されるその場違いなほど切なくロマンティックな曲は、作品の底に漂っていた絶望感とそら恐ろしいほどなじんでいて、聴くたびに胸塞《ふさ》がれた。

久爾夫の一件以来、しばらくの間、美貴はモーツァルトを聴くことができなくなった。なんとかやっと、静かな気持ちで耳を傾けることができるようになったのは、昨年あたりからだったろうか。

息を殺しながら嗚咽《おえつ》したことが、幾度あったかわからない。甦《よみがえ》る恐怖心に、震えが止まらなくなったことも数知れない。それでも、確実に時間は流れる。深かった傷に瘡蓋《かさぶた》ができる。傷はやがて癒《い》え、瘡蓋は剝《は》がれおちて薄皮で被《おお》われる。

だが、その、再生された皮膚はあくまでも薄い。生々しい傷跡が透けて見えてしまうほど薄い。いつまた裂けて、血膿が流れ出すかわからない。そんな不安にかられるたびに、美貴はわざとモーツアルトを聴いた。久爾夫が残した映画を観た。これでもかこれでもか、と意地になって久爾夫を甦らせた。

フロントガラスから、五月の光がまっすぐに燦々《さんさん》と、無数の束になって射しこんでくる。道は思っていたよりも空いている。久爾夫のことばかり考える。この六年間というもの、久爾夫を忘れたことはない。

前を走っていた車が、赤信号で停止した。しっかりと正面を見つめていたはずなのに、現実感覚がおぼろで、何も目に入っていなかった。

美貴は慌ててブレーキを踏みこんだ。

危うく追突しそうになった後続の車が、迷惑げにクラクションを鳴らしてきた。バックミラーを見る。白いバンである。クラクションの音は軽々しく乾いている。

パーン、パーン……と二度続けて長く鳴らされた、そのクラクションの音に、遠い日に聞いた二発の銃声が重なったような気がした。

美貴はハンドルを握りしめたまま、思わず目を閉じ、くちびるを強く噛んで天を振り仰いだ。

美貴が初めて岸田《きしだ》久爾夫と会ったのは七年前の五月。銀座にあるフレンチレストランの個室に、母と母の再婚が決まった相手、それぞれの親類縁者が十五名ほど集まり、祝いの宴《うたげ》が開かれた時だった。

それは滑稽《こっけい》なほど仰々しい食事風景だった。純白のクロスがかけられた細長いテーブルには対面するように席が設けられ、ウェイターたちが部屋の片隅に直立不動の姿勢で立って、客の一挙手一投足を見守っていた。誰かが手を口にあてて小さな咳をしただけで、ウェイターたちは、何か粗相があったのか、と一斉に身を固くした。料理はすべて、おごそかに運ばれてきて、同じようにおごそかに下げられていった。人々の前に並べられたワイングラスやシャンパングラスが、空になることはなかった。

美貴の母親の再婚相手は、母より三つ年下の、五十歳になる会社経営者、岸田喬夫《たかお》という男だった。彼は数年前に離婚しており、妻との間にひとり息子がいたが、その子はボストンの大学に留学させているとかで、その日、姿は見せていなかった。

元をたどれば、喬夫は旧財閥の遠縁にあたる男なのだ、と美貴は母から自慢げに聞かされていた。年齢よりもいくらか老けていて、童顔の母と並んでいると、母のほうが若く見えた。

航空会社に勤めていた美貴の実父は、美貴が高校三年になった年の夏、劇症肝炎に罹《かか》り、急逝《きゅうせい》した。母の再婚は、父を亡くした九年後のことで、美貴は二十七になっていた。

父は相応の財産を残した。古い女友達との共同経営で始めた輸入代理業が軌道に乗っていた母にも、もともと人並み以上の収入があった。経済的な不安はなかったが、表で明るく気丈にふるまっている母が、深夜、声を殺して泣いているのを目撃したことも多かった。そんな母の人生の新しい出会いに、娘として異存などあろうはずもなかった。

母はテーブル席の中央に、新しく夫となる男と並んで座り、幸福そうに目を細めていた。晴れがましく微笑《ほほえ》むその顔は、年端のいかない少女のようでもあった。

そんな母から少し離れて席についていた美貴の、正面に座っていたのが、喬夫の実弟にあたる岸田久爾夫である。久爾夫は食事が始まってから、三十分ほど遅れて現れた。

あいにくの雨の日だった。雨の中を急ぎ足で歩いて来たのか、久爾夫は乱れた息を整え、濡れた髪の毛を両手で撫でつけながら、軽く黙礼して席についた。

当時四十二歳。三十代のころから映画監督として活躍している男だった。くせのある作品が多く、好みも分かれたが、熱心なファンは多かった。美貴も彼の映画を何本か観ていた。

口のまわりに不精髭《ぶしょうひげ》を生やしていた。年齢不詳で、四十代には見えず、かといって三十代にも見えなかった。

黒の光沢のあるシャツに、薄墨色のジャケット。やわらかそうな髪の毛は長からず短からず、くせ毛なのか、毛先がところどころ形よく撥《は》ねており、時折、周囲に、ふてぶてしく斜にかまえたような視線を投げることを除けば、全体として青年じみた、妙に甘い印象を与えるところがあった。

久爾夫は遅れて席につくなり、正面にいた美貴に向かって、この堅苦しさは何なんだ、と言いたげな、冗談めかした目配せを投げてきていた。初対面とは思えないほど、気安く話ができそうな相手であった。ややあって、美貴は自分から話しかけた。「岸田監督。私、監督の作品は好きで、よく観ています」

「ありがとう」くつろいで食事を始めていた久爾夫は、フォーク片手に愛想よく応じた。

ワインが供され、食事は和《なご》やかな空気に包まれて、それぞれが母と喬夫を中心に、雑談に興じ始めていた。誰もふたりの会話を聞いてはいなかった。

「何が一番よかった？」

「『蟲《むし》たちの森』かしら。こわくて切なくて、劇場にひとりで観に行ったんですけど、見終わって、いろいろ考えこんでぼーっとなって、席から立てなくなっちゃうくらい感動しました」

「ならよかった。ところで、きみは今日の主賓《しゅひん》の何にあたるんだっけ」

そんなことも知らなかったのか、と美貴は半ば呆《あき》れながら笑い、

「娘です」と言った。「監督のお兄さまの岸田喬夫さんは、もうすぐ私の戸籍上の父親になるんですよ」

「そうか、ごめん。兄貴の再婚について、全然詳しく知らないまま、ここに来ちゃったもんだから。しかも大幅に遅刻してさ。へえ、そうか。きみがお嬢さんか。で、仕事は何をしているの？」

美貴はかぶりを振った。「この年になって恥ずかしいんですけど、

まだ大学院に通ってるんです。ちょうど大学入試の前に父が亡くなって、突然だったものだから、全然、勉強が手につかなくなっちゃって、二浪して、おまけに在学中に一度留年したので」

「立派なもんだ」

「どうして？」

「人生はすんなりとはいかない」

美貴は「ほんとにそうですね」と言い、笑顔でうなずいた。

久爾夫は微笑を返した。「さっきから見てるけど、酒に強いんだね。ワイン、ずいぶん飲んでるみたいなのに、けろっとしている」

「家系です。亡くなった父も酒豪だったし、母も、今日はお祝いの席で遠慮してるけど、ほんとはものすごく飲めるんですよ。ここだけの話、ザルみたい」

「素敵じゃないか。母と娘が涼しい顔して飲んでる風景って、いいもんだよ」

「でも、今は私もひとりで暮らしてますし、母は私なんかより一緒に飲みたい人がいるから、ここんところ、母との飲み会は全然なくなっちゃいました」

「そうだろうな」と言って、久爾夫は笑った。「今度、うちに飲みにおいでよ。僕と一緒に飲もう」

唐突な誘い方だった。美貴が眉を軽くあげて問いかけるような表情を返すと、久爾夫は「ロマネ・コンティ」と言った。「知ってるよね」

「あの高級ワインのロマネ・コンティですよね」

「一本、百万を超える値段がついてるものもある。一九八五年のやつが葡萄《ぶどう》の品質がよくて、一番高い。僕が買ったのはそれほどでもないけど、ひとりで飲むのはもったいないし、誰かと飲みたいと思ってたんだ。僕は信州の辺鄙《へんぴ》な田舎町に小さい別荘を持っててね。ロマネはそこのワイン用保冷庫に、他の安物ワインと一緒くたにして押しこんである。それを一緒に飲もうよ。いつか天気のいい日に、別荘の庭でピクニックでもしながらさ」

岸田久爾夫が結婚歴のない独身であること、女出入りが激しいことは、母から聞いて知っていた。若手女優と何度か浮名を流したことも、かつて週刊誌のゴシップ記事を読んでいたので知っていた。華やいだ美男、というわけではないが、整った面差しの、都会的な顔だちをしていた。いかにもその種のゴシップが似合いそうな雰囲気を漂わせていて、おまけにどこかしら、秘密めいても見えた。

「私と……ですか」と美貴は笑顔のまま聞き返した。

誰にでも屈託なく、こんな誘い方をするのだろう、と思った。この人は、自分たちが戸籍上の叔父と姪の関係になることがわかっていて、そう言っているのだろうか。話に聞いていた通りの軽々しい男だ、とも思った。

だが、不快な感じはしなかった。それどころか、惹《ひ》かれるものを感じた。

美貴は愛想よく言った。「監督とロマネ・コンティを飲む相手は、私なんかじゃなくて、監督の恋人でしょう？」

「きみと飲みたい」

どこまで冗談で、どこまで本気なのか、わかりかねた。美貴が応えずにいると、久爾夫は異性を見つめるのに慣れているに違いない目で、ひたと美貴をとらえるなり、ふいに茶目っけたっぷりに笑いかけた。


久爾夫の別荘は、高原の別荘地として古くから開発された一角の高台、南に向いた見晴らしのいい、平坦な場所に建っていた。

敷地は三百坪ほど。建物自体はさほど大きくはなく、三角屋根のついた二階にロフト付の寝室が一間、一階にはベランダにそのまま出られるようになっているリビング・ダイニングルームと洋間がひとつ、和室がひとつ、という、建て売り別荘にありがちな平凡な間取りだった。

前の持ち主が所有していた山小屋ふうの、どうということのないデザインの建物をそっくりそのまま、使っているようだった。もともと久爾夫に、衣食住に関するこだわりは希薄だった。

建物が敷地の端に、ぎりぎり寄せるようにして建てられていたので、南に向いた庭は日当たりがよく、広々としていた。自生の樺《かば》の木や樅《もみ》の木が、敷地の輪郭に沿うようにして生えそろい、庭に敷きつめられた芝は青々と端々《みずみず》しかった。定期的に業者を呼んで、こまめに手入れをさせていたので、庭は少しも荒れることなく、いつ行ってものどかな小さな草原のようにしてそこにあった。

美貴が初めてその別荘を訪ねたのは、ロマネ・コンティを久爾夫と一緒に飲むためではない。別荘で映画関係の知人を集めたちょっとしたパーティーを開くから来ないか、と久爾夫に誘われたからであった。誰を連れて来てもかまわない、と久爾夫は言った。恋人でもフィアンセでもセックスフレンドでも、そいつがゲイでもホモでもレズでも、きみが連れてくるんだったら、誰でもオッケーだから、と。

じゃあ、恋人、連れて行くかもしれません、と美貴は言った。本当は、一年ほどつきあった会社員の男と別れたばかりの時だったのだが、見栄をはって嘘をついた。

久爾夫は「いいね」と電話口で澄んだ声をあげた。「で、それはきみのランク付けの中では何番目の恋人？」

「二番目」と美貴はまた見栄をはった。

久爾夫は「ますますいいね」と言って笑った。

七月初旬の、まだ梅雨が明けていない季節だったが、その日、高原は朝から快晴に恵まれた。木々や草は、前夜まで降り続いていた雨に濡れ、夏に向かう太陽を受けて瑞々しい輝きを放っていた。

久爾夫の別荘に集まっていたのは、総勢十二名ほど。見知った俳優がいるのではないか、と内心、美貴は密かに期待していたのだが、ひとりもおらず、来ていたのは演技者ではない、映画撮影に携《たずさ》わるスタッフと、その関係者ばかりであった。

「なんだ、二番目の恋人は一緒じゃなかったの」と久爾夫はなみなみとシャンパンを注いだグラスを美貴に手渡しながら、からかうように言った。「どんなやつとつきあってるのか、って、見るのを楽しみにしてたのに」

「なんか、すごく仕事が忙しいみたいで、面倒くさいから放ってきました。ひとりのほうが気楽だし」

「じゃあ、もしこの場に三番目の恋人にふさわしい男がいたら、連れ帰っちゃえばいい」

そうします、と美貴は言い、笑った。久爾夫も笑った。

庭の芝が見渡す限り、青々と光に照り映えていた。庭の中央付近に、一本の、姿の美しいナツツバキの木があり、その木陰に細長い木のテーブルと何脚かの椅子が並べられていた。

クロスの敷かれていないテーブルには、飲み物やカナッペやサラダ、サンドイッチ、海苔巻きなどが、紙の皿に載せられたまま乱雑に置かれ、客人たちのほとんどは庭に出て、グラス片手に談笑していた。

「すごく素敵なところ」と美貴は言った。「なんか映画の世界にいるみたい。こんな贅沢《ぜいたく》な集まり、しょっちゅう、やってらっしゃるんですか」

「年に一回か二回だよ。ふだんは撮影撮影で息つく間もないから、ここに来る時だけは人と会いたくない、って思うんだけど。これもつきあいのうちだから、仕方ない」

「ほんとのこと、言っていいですか」

「いいよ、なんでも」

「今日はいろんな俳優さんがいらしてるかな、って思ってたんです。ちょっと期待してました」

美貴は幾人かの男優女優の名をあげた。岸田久爾夫が好んで自作に起用している俳優ばかりであった。

「彼らが来てなくて、がっかりしたんだね」

「いえ、そういう意味じゃなくて」

「役者たちとは現場だけの関係だよ。それ以上のつきあいをすることはあまりない。観客にとっては、当然、表に出てる役者しか目につかないだろうけど、僕らにとっては役者と同じかそれ以上に、裏方が大事でね。今日来てくれたのはみんな、そういう連中だよ。あとで紹介するからね」

うなずいた美貴の目に、その時、庭に佇《たたず》んでいるひとりの女性が映った。年齢はわからない。三十代後半なのか、四十代に入っているのか。小さな整った顔。細身の白いパンツに、少し胸元の開いたオレンジ色の半袖サマーセーター。頭には紺色のペイズリー模様の木綿のスカーフをターバンふうに、無造作に巻きつけ、にこやかな表情を作りながら、グラスを口に運んでいる。

どこかで見たことがあるような顔だった。女優だっただろうか、と美貴は思った。

「あの女の人、もしかして監督の映画に出てませんでした？」

いや、と久爾夫は美貴の視線をたどりながら言った。「彼女はもっとずっと若いころ、女優を少しやってたことがあるけど、すぐにやめた。僕の映画に出たこともない。今は役者の女房をやってる」

「役者、って？」

高澤伸吾《たかざわしんご》、と久爾夫は言った。演技力の高さと憂いのある大人の容貌《ようぼう》で人気を博している、五十歳になるベテラン男優だった。久爾夫の映画にも何度か出演している。

「高澤伸吾の奥さん？」と美貴は小声で聞き返した。「そうだったんだ。きれいな方ですね」

「たまたま、ゆうべから高澤さんと一緒にこの近くまで来てでさ。高澤さんはどうしても外せないCM撮影があって来られない、っていうんで、今日は彼女だけ顔を見せてくれた。玲子《れいこ》さん、っていってね、子供もふたりいるんだよ。男の子がふたり。上の子はもう、高校三年になったのかな。年も僕のふたつ年上だし。でも、そう見えないだろ」

「全然」

「高澤さんの事務所で、高澤さんのマネージメント業務をしてたこともあって、僕とはそのころ知り合った。今はそれもやめて、家庭に入ってる」

そこまで言うと、久爾夫は何か途方もなく面白いいたずらを思いついた少年のように、「特別にいいこと、教えてやろうか」と言って、美貴の腕を軽くつついた。「これまで誰にもこの話をしたことがない。ほんとだよ。でも、きみと僕とは、この間から親戚同士になったんだし、急にきみに教えたくなった」

わけもわからず、美貴が次の言葉を待って久爾夫を見上げると、「今は違うけど」と彼は言い、晴れ晴れとした表情の中で、いたずらっぽく、芝居がかったウインクをしてみせた。「彼女は長い間、僕の秘密の恋人だったんだ」

それから二週間ほどたって、美貴のところに再び久爾夫から連絡があった。週末、別荘に行くので、暇だったら遊びに来ないか、という誘いの電話だった。

幼なじみの年上の男友達から誘われたような気楽さがあった。久爾夫のほうでも、美貴がまだ学生であることを利用して、気軽に相手をさせようと思っているだけなのかもしれなかった。

胸の奥底に、かすかにざわめくものはあったが、美貴は努めてそれを封印しようとした。女優と交際してゴシップネタにされたり、世間に公表できない秘密の恋人をもったりしながら生きている〝叔父〟を、恋の相手になどすべきではなかった。

文字通り〝遊びに行く〟のだ、と美貴は思った。気軽に。ただし、母にも、新しく父親になった人にも黙ったまま。

誰にも言いたくなかった。久爾夫に向けて抱き始めている淡い思いは、誰かに悟られたとたん、淡雪のように溶けてなくなってしまうような気がした。

その週末、美貴は、母名義になっている車を運転して久爾夫の別荘を訪ねた。梅雨が明けたばかりの時で、あたりは光と影の色濃いコントラストに包まれ、めまいがするほど眩《まぶ》しかった。

久爾夫は庭のナツツバキの木陰にストライプ模様のビニールシート

を敷き、ポテトチップスや瓶詰めのピクルス、チーズなどを無造作に並べると、ワインクーラーの中に二本差しこまれていた白ワインのうち、一本を抜いて、ふたつのグラスに注いだ。

彼は、映画製作の話や俳優の面白おかしいエピソードなどを美貴相手に次から次へと、身ぶり手ぶりをまじえながら闊達《かったつ》に披露した。美貴は感心したり笑ったりしつつ、彼と共に白ワインを飲み続けた。

久爾夫は陽気に成熟していて、人に幸福な高揚感を与えるような話し方をした。話していることの内容よりも、それを口にしている彼自身の活き活きとした横顔と生命力あふれるくちびるの動きが、美貴を魅了した。気がつくと、ワインクーラーの中のボトルは空になっていた。

「もう一本、飲む？　飲もうよ」

「飲みます」

彼は新たに白ワインを抜き、美貴のグラスに注いでから、自分のグラスを充たした。遠い森で郭公《かっこう》が鳴いていた。眠くなるような、明るい夏の午後だった。

久爾夫はまだ少しワインが残っているグラスを手にし、遠い山並みを見つめた。それまで絶え間なく開き、動いていたものが急に塞がれたようになった。うつろな感じのする静けさが彼を包んだ。その横顔は、冷たい木彫りの面を思わせた。

「こうやってると」とややあって、彼はつぶやくように言った。「きみはなんだか、妹みたいな感じがするよ。一緒にいると落ち着く。前世から家族だったみたいに」

「それって、全然、ほめ言葉になってないですよ」と美貴は憮然としながらも冗談めかして言った。「でもいいです。そう言われると嬉しいです」

「きみの亡くなったおやじさんは、どんな人だった？」

「父ですか？　航空会社に勤務してた、ふつうのサラリーマンです。私がひとり娘だったせいか、ずいぶん可愛がってくれましたけど。でも、うちの父と娘の関係、少し変だったかもしれない」

「変、って？」

「父とはよく、ハグし合ってましたから。さすがにキスはしなかったけど、ハグと頬ずりはしょっちゅう。たとえば外で会うでしょ。待ち合わせの場所に行った時なんか、ふつうに近づいてって、軽くハグし合うのが習慣だったし。パパ、ごめん、遅れて、おう、美貴、元気かぁ、っていう感じで」

「日本人では珍しいね」

「別に外国暮らしが長かったわけじゃないんですけどね。友達にはよくからかわれてました」

「幸福な家庭だったんだろうな。きみを見てるとそう思う。もちろん、きみのお母さんも。愛されて、愛して、ほっぺたをすり寄せて抱きしめ合って……そういうことが当たり前の温かい環境が、生まれた時からきみにはあったんだろうね」

「監督だって」と言い、美貴は彼の横顔を見つめた。「幸福な家庭で育ってきた方じゃないですか」

「何もかもそろってはいたよ」と彼は言い、うすく笑った。「確かにふつうの意味でいえば、そろってはいた」

涼しい風がわたってきた。芝の上を何匹かの蜂が飛びかっているのが見えた。近くの私道を走る車の音がしたが、走り去ってしまうと、再びあたりは静けさに包まれた。蜂の羽音と、木々を静かに揺する風の音、時折、それに混じる郭公の鳴き声しか聞こえなかった。

「あの」と美貴はワインをひと口飲んでから言った。「こんな余計なこと聞いて怒られるかもしれないけど……」

「怒らないよ」

「この間、教えてくださったお話です。監督の恋愛のこと。……大変だったんだろうな、って思って」

「大変、って?」

「だって、監督は独身だけど、相手の方は独身じゃなかったんですから。しかも有名人の奥さんで」

「それは大変だったよ」と久爾夫はかすれた声で言い、咳払いをした。「並の大変さじゃなかったね」

「ほんとに別れちゃったんですか」

「別れた」

「いつ」

「この間、銀座できみのお母さんと僕の兄貴が再婚披露の食事会をした日」

「ほんとに？」

「正確に言うと、あの日の朝。この別荘で」

そうだったんですか、と美貴は言った。「……あの日は雨でしたよね」

「うん、雨だった。午後になって、彼女を車で都内まで送って、雨で道が渋滞してて、思いがけず時間がかかって……。だから僕は、遅れてあのホテルのレストランに行くことになった」

「全然そうは見えませんでした」

久爾夫はわずかに肩をすくめた。「祝いの席で、自分はたった今、愛する女と別れてきたばかりなんです、なんて言えるわけないだろう」

そうですけど、と美貴は言った。「でも、なんで別れちゃったんですか」

「大変だったから別れたわけじゃないし、別れなくちゃいけない、と思って別れたわけでもない。別れの理由なんて、ひと言では言えないよ」

「そうですよね。立ち入ったこと聞いて、ごめんなさい」

別にあやまらなくてもいい、と久爾夫は平板な言い方で言った。

「四年近く続いたのかな。短いのか長いのか、わからないけど」

「長いです」と美貴は言った。「私なんか、せいぜい一年も続けばいいほうだから」

ふっ、と久爾夫は笑った。「二十代はそれでいいよ。それにきみはまだまだたくさん、恋ができる」

「監督は？」

「どうだろう。彼女が最後だったのかもしれないし、そうじゃないかもしれない。何もわからない。わかろうとしても無駄だしね。何もかもが霧の向こうにあって、何も見えない」

美貴が黙っていると、彼は手にしていたワイングラスを芝の上に置き、ビニールシートの上に仰向けになった。目にまぶしいほど白いTシャツが、彼のあまり筋肉のついていない、平板な胸をあらわにした。

「高澤伸吾のおかげで、僕は監督として認められた」と彼は言い、ゆらめく木洩《こ も》れ日の中で目を閉じた。「僕に才能があったわけじゃない。今ある僕は、彼のおかげだよ。駆け出しの監督だった僕の映画に、彼が出演してくれなかったら、今の僕はなかった。彼は天才なんだ。彼をしのぐ役者は見たことがない。そんな彼が、ものすごく僕のことをかわいがってくれて、理解してくれて、目をかけてくれた。兄貴分みたいな人だった。ずいぶんいろいろなことを教わった。演技も映画についての考え方も、監督としてのあり方も。まあ、言ってみれば僕は悪党なんだ。しかも、度し難い悪党。僕は人生の恩人を陰でコキュにした」

「でも」と美貴は注意深く、言葉を選びながら言った。「好きになっちゃったんだったら、仕方ないです。どうしようもなかったんです。そう思います。彼女のほうだって、監督のこと、好きになったわけだし」

久爾夫は仰向けになったまま、うっすらと目を開けた。「きみの言う通りだね」

「監督のその恋物語だけでも、映画にできますね」

「僕の役を高澤伸吾にやらせるとか？　そこまでできたら、悪党も大物だな」

「どうせなるなら、そこまで悪党になってください」

「いいことを言うね」

「私だって、人を好きになった時の気持ちくらい、わかりますから」

久爾夫はうなずき、「そうだろうね」と言った。「恋人とはどうした」

「どう、って別に」

「二番目はどうでもいいけど、本命がいるんだろう？　結婚するの？」

「そんなこと、決めてません」

「きみは今、何に酔っている？」

「え？」

「酒に、っていう意味じゃないよ。人生の何に酔って生きてる？　夢中になって、それにすがることができるのなら、なんとか生きていける、と信じられるものを何かもっている？」

　どう答えればいいのかわからず、美貴はまじまじと久爾夫を見つめた。久爾夫は大きく息を吸うと、「きみなら、これからもたくさん、そういうものを手にすることができるよ」と言った。「保証する。でも……僕にはない」

「そんなこと、嘘です。映画を作る才能もあるし、もてるから、女の人がほっとかないと思うし。お金もあるし」

「もてるもてない、とか、才能があるとかないとか、そういうつまらないことを問題にしてるんじゃない。もっと深い話をしてるんだ」

気温が上がり、かすかに吹いてくる風が草いきれの匂いを運んできた。ワインの酔いがまわったようだった。何かを言葉にしようとすると、酔いがもたらす倦怠《けんたい》が、言わんとすることの輪郭をあやふやにして、わからなくさせた。

仕方なく美貴は黙りこんだ。久爾夫も黙った。さわさわと、梢《こずえ》をわたってくる風の音がした。

「前に話したロマネ・コンティの話、覚えてる？」と久爾夫が聞いた。

「覚えてます。ワインの保冷庫に入れてある、って」

「そいつは一九五五年のロマネなんだよ。なんで一九五五年なのか、わかるかな」

いいえ、と美貴は首を横に振った。

「玲子の生まれ年なんだ」と彼は言った。「今年の彼女の誕生日に贈ろうと思って、買っておいた」

彼はそう言い、ゆっくりと上体を起こすと、またワイングラスを手にし、小麦色に焼けた喉を見せながら、中のものをひと思いに飲みほした。

「彼女の誕生日、いつだったんですか」

「五月三十日。別れる前に誕生日がきてたら、あれを一緒に飲めた。人生なんて、そんなものだ」

小さな蜂が二匹飛んできて、ピクルスの盛られた小皿の上を旋回し始めた。少し強い風が吹いた。庭を囲む木々の乾いた葉ずれの音が大きくなり、蜂の羽音をかき消した。

「監督はなんでも持ってるみたいに見えるのに」と美貴は敷きつめられた芝の向こう、背の高い樺の木のあたりをぬうようにして飛んでいる、大きなアオスジアゲハを視界に留めながら言った。「地位も名誉も経済力も。映画監督としても有名だし、岸田久爾夫の作る映画のファンって、日本だけじゃなくて、海外にもたくさんいるし。みんなが次の映画を待ってるし。それに、私なんかが言うのはおかしいかもしれないけど、すごくカッコいい人だし、さっきも言ったけど、ほんとに女性にもてるし。こんな素敵な贅沢な別荘も持ってるし。おまけに、いろんな大変な事情があって別れてしまったんだとしても、あんなに素敵な人と恋愛までしたことがあって……」

久爾夫はそっと顔を傾け、美貴を見上げた。「……それで？」

「それなのに……ああ、ごめんなさい、こんなこと言って。そんなに全部そろっていて、足りないものが何ひとつないのに、それなのに監督はなんだかすごく……」

「……なんだかすごく……何？」

美貴は肩で息を吸い、声を落としてひと思いに言った。「……悲しそうに見えます」

久爾夫はいったん目を伏せ、再び上げてからゆったりと瞬《まばた》きをし、口もとに微笑を浮かべた。どこかひんやりとした微笑だった。彼は、ジーンズに包まれた美貴の膝を軽く撫でさすると、「楽しいよ」と言った。

「え？」

「きみとこういう話をしているのは楽しい」

「ほんとに？」

「うん」と彼はうなずいて、微笑んだ。「ほんとだ。すごく楽しい」

だが、久爾夫が美貴に、一九五五年のロマネ・コンティの話をしたのは、それが最後になった。

あの年の夏から秋にかけて、いったい幾度、ふたりきりのピクニックをしただろう、と美貴は今も思い返す。庭のナツツバキの木陰にビニールシートを敷き、飲んで笑って話してまた飲んで、日暮れたころ部屋に戻り、CDデッキから流れてくる音楽を耳にしながら、また飲んだ。

空腹をおぼえると、久爾夫が冷蔵庫を開け、手早く焼きそばやラーメン、カレーなどを作ってくれた。別荘に向かう途中、スーパーで買ってきた材料をもとに、美貴が一大決心をして、料理本を手にパエリアを作ったこともあった。

パエリアはうまくオーブンで焼けず、失敗して焦がしてしまった。

その黒こげの、どうしようもなくなった代物を前に、久爾夫と大笑いしながら湯をわかし、ふたり並んで窓の外の虫の声を聞きつつ、カップラーメンをすすった。

飲み疲れると、彼は一階のリビング脇の和室、美貴は二階のゲストルームで、別々にやすんだ。シャワーを浴び、着替え、部屋に引き取る際、美貴は「おやすみなさい」と居間にいる久爾夫に声をかけた。美貴に背を向け、ぼんやりと窓辺に佇んでいる久爾夫も、それに応えて「おやすみ」と言った。

焦がれるような思いにかられ、美貴が束の間、久爾夫の背を見つめていると、久爾夫は振り返りもせずに、「僕はまだ少し起きている」と言った。今しがたまでの陽気な、活き活きとした久爾夫が偽物だったのかと思われるほど、その声は時に暗く、打ち沈んで聞こえた。

「きみは早く寝なさい」

二階に用意された部屋に入り、持ってきたパジャマに着替えてから、美貴はいつも、じっと身じろぎもせずに肘掛け椅子に腰をおろし、窓から射しこむ青白い月の光を眺めていた。階段を上がってくる、ひそかな足音を期待した。ドアが軽くノックされる、その音を期待した。「入っていいかな」と、ドア越しに低い声で囁《ささや》きかける久爾夫を待った。

だが、そうしたことは何も起こらなかった。起こるはずもなかった。

一階では、久爾夫が静かに歩きまわる気配があった。和室で誰かと、携帯を使って話しこんでいることもあった。

話は小一時間続くこともあれば、わずか一、二分で終わってしまうこともあった。

相手は玲子なのだろうか、と美貴は思った。別れたとはいえ、忘れがたくて、たまにこうして電話をし合っているのかもしれない。

だが、玲子は高澤伸吾の妻で、こんな遅い時間に自由に話などできないはずだった。電話の相手は他の女なのだと考えることもできた。だとしたら、誰なのだろう。彼の映画に出演し、彼が気にいっているに違いない幾人かの女優の顔が浮かんだ。そのどれもがあてはまり、どれもが見当はずれであるような気もした。

「今度」とか「いや、違うよ。僕のほうは」などといった短い言葉が、途切れ途切れに聞こえてくることもあったが、稀《まれ》だった。ただ、ただ、ぼそぼそと低く話し続ける久爾夫の声が伝わってくるだけであった。

二日酔いと寝不足の朦朧《もうろう》とした頭を抱えながら、翌朝、美貴が階下に降りて行くと、久爾夫はたいてい先に起きていた。そして、妙に気ぜわしい口調で、「今日、僕は東京に戻る」と言ったりした。「仕事なんだ」

早く帰ってほしい、と言わんばかりの言い方に、苛立ちというよりも悲しみを覚えるが、美貴はいつも素直に、はい、と応じた。何の仕事なのか、何時に東京に戻ればいいのか、多くは聞かなかった。

帰路、美貴の運転する車の助手席に久爾夫が乗ることはなかった。彼はいつも、自分の車を自分ひとりで運転したがった。

またおいで、と久爾夫は別れ際、睡眠不足の、ひどく赤らんだ、疲れた目をして美貴に微笑みかけた。「いつでもいいよ。きみが来てくれるなら、僕もここに来る。またピクニックしよう」

来ます、と美貴は言う。何があっても、万難を排してでも、という言葉は飲みこんで、明るく屈託なく笑いかける。

久爾夫の別荘の外には、簡易の屋根つき車庫があったが、そこにはいつも久爾夫の車が停められている。だから美貴は、自分の車を車庫から少し離れた空き地に停めるようにしている。

外まで見送りに出て来てくれる久爾夫に見送られながら、車を発進させる。ゆっくりと走らせながら、美貴はバックミラーの中に、彼の姿を探す。木々の緑に溶け入るようにして、彼の立ち姿がミラーの中に映し出される。

美貴は運転席の窓を開け、大きく手を伸ばしてひらひらさせる。ミラーの中の久爾夫が片手をあげ、軽く振り返してくるのが見える。

やがて、車は別荘地内の私道の、ゆるいカーブにさしかかる。美貴はいったんブレーキを踏む。切ない思いを抱いたまま、ミラーを覗く。だが、久爾夫の姿はすでになく、まるで儚《はかな》いまぼろしに過ぎなかったかのように、そこにはもう、生い茂る木々の緑しか映っていないのだった。


夏が過ぎ、秋がきて、久爾夫の別荘の庭の木々が葉を落とし始めるころになっても、美貴は久爾夫の別荘を訪ね続けた。天気のいい日は庭でワインを飲み、雨の日は居間の薪《まき》ストーブで薪を焚いて、火を眺めながらワインを飲んだ。

初めて庭でピクニックをした時に交わしたような、互いの過去や私生活を語るような会話はなくなった。どちらも聞こうとしなかったし、話そうともしなかった。

久爾夫は好んで映画の話をしたがった。好きな映画や好きな映画監督の話が始まると、止まらなくなった。美貴もそれに調子を合わせた。

部屋にはエリック・クラプトンが流れていたり、プリンスが流れていたり、コルトレーンが流れていたり、かと思えば、古い映画音楽ばかり集めたサントラ盤が流れていたりしたが、夜も更けるころになると、それはモーツアルトに変わった。オペラの時もあれば、ピアノ協奏曲の時もあった。

それらを聴くともなく聴きながら、時に久爾夫は、幼児のように無《む》垢《く》な寝顔を見せて、すやすやとソファーの上で居眠りを始める。窓の外で木枯らしが吹いている。窓をたたく風の音を耳にしつつ、美貴は飽かず久爾夫の寝顔を見守る。

思えばあのころから、と美貴は思う。彼が漂わせている儚さに、自分は漠然と気づいていたのかもしれない、と。

いよいよ十二月の声を聞いて、雪が降り始めるようになると、久爾夫は別荘を閉め、冬場の管理を別荘管理事務所に委託した。

年明けまもなく、新しい映画の撮影が始まった。バンコクでの長期ロケが入り、久爾夫が日本を留守にしたのをきっかけに、美貴が彼と会うことはできなくなった。

そんな中、ごくたまにではあったが、久爾夫から美貴のパソコンにメールが送られてきた。撮影状況とバンコクでの様子を綴《つづ》った簡単なメールだった。東京に帰ったら、どこかに飲みに行こう、暖かくなったら、また別荘の庭で飲もう、と書かれていることもあった。

ある時、美貴は返すメールで、ロマネ・コンティのことを書こうとした。いつか一緒に飲ませてください、私は監督の恋人ではありませんが、監督の別荘の、庭のナツツバキの木の下で一緒に一九五五年のロマネを……と書きかけ、途中で、その甘ったるい少女趣味的な書き方に嫌気がさした。

美貴はこう書き直した。

『まだ、あのロマネ・コンティは監督の別荘のワイン保冷庫の中に眠っているのでしょうか。もう今年の五月を待たなくてもいいんですよね。だったら私がお相手します。任しといてください！』

監督からの返信はなかった。ないままに三月になり、四月になった。久爾夫の携帯はいつも留守番電話になっていた。そのたびに、電話してください、とメッセージを残すのだが、かかってくることはなかった。

業を煮やして久爾夫の事務所に電話をかけた。とっくに帰国し、次の映画の準備に入っている、という話であった。帰っているのなら、どうして連絡をくれないのだろう、と美貴は悲しく思った。

美貴の携帯に、待ち焦がれていた久爾夫から電話がかかってきたのは、四月末の連休が始まる直前になってからだった。

「ごめん」と彼は言った。「何度も電話、もらってたのにね。バタバタしてたんだ。いろいろあってさ。仕事も重なって、身動きが取れなかったし、今もそうなんだ。春になったというのに、全然、別荘にも行けないよ」

「行けるのはいつですか」と美貴は聞いた。「監督に合わせて、一緒に行きたいです」

「いつになるかな。わからないけど、多分、五月中はちょくちょく行くことになると思うよ。また連絡する。会いたいね、美貴。早くきみと会って、またあの庭でピクニックしたいよ。きみとあの庭で馬鹿話しながら、へべれけになるまで飲みたいよ」

そのひと言で、すべての悲しみ、切なさ、不安が溶けていった。我を忘れるような悦びが美貴の中を駆け抜けた。

「連絡、待ってます」と美貴ははずんだ声で言った。「庭の芝も青くなってきたんでしょうね」

「もうじき、山桜が咲くよ」

「きれいだろうな」

「じゃあ、また。また連絡する」

「私からもしてみますね」

そう言った美貴には何も応えず、彼は電話を切った。それが六年前の、四月二十五日のことであった。

五月に入り、連休が明けても、久爾夫からの連絡はなかった。何度か携帯に電話をかけてみたのだが、つながらなかった。やっと連絡がとれたのは、五月も半ばを過ぎてからである。

「ああ、美貴か」と久爾夫は、久爾夫らしからぬ、たいそう疲れた声で言った。「携帯の充電が切れていたことに、昨日気づいた。ひとりになりたくてね、別荘に来てるとこだよ。いろいろ仕事も持って来てるから、ここでやるつもりでいる」

「なんだ。別荘にいるんですか。私、ずっと……」思わず不満げな口調になりかけたのを慌てて制し、美貴は冗談めかした陽気な口ぶりに変えた。「ずっと連絡してたんですよ。つながらないから、邪魔しちゃいけないプライベートタイムなんだろうな、とは思ってましたけど。いつから別荘に？」

「一昨日かな」

「そうだったんだ。……一番気持ちのいい季節になりましたね」

「そうだね」

「夜はまだ寒い？」

「いや、そうでもない。暖房がほしいと思う夜もあるんだろうけど、ここんところは大丈夫。美貴は元気？」

「なんとか」と美貴は言い、しばらく黙って久爾夫が次に言う言葉を待った。よかったら来ないか、久しぶりに飲もうよ……と誘ってくれるのを待った。

だが、彼は何も言わなかった。美貴は背筋を伸ばし、卑屈さがにじみ出ないよう、注意しながら「行きたいな」と言った。「暇なんです。ワインのお相手、いつでもオッケーですよ」

「嬉しいね」と彼は言った。「そうしたいのは山々だけど、ちょっとここで済ませておかなくちゃいけない仕事がたてこんでてさ。次の作品の脚本に問題があるんだよ。脚本家と、時間かけて協議する必要が出てくるかもしれないし」

「じゃあ、今回は無理かな」

「うん、そうだね。でも、またおいで。美貴なら、いつ来てくれても大歓迎だよ。お母さんは元気？」

「とても。アツアツの新婚ムードで、傍《そば》にいるとバカバカしくなるから、最近、あんまり会ってませんけど」

楽しげな笑い声をあげ、久爾夫はそれから少し、あまり興に乗った様子もなく、バンコクで撮影したという映画についての話をした。だが、話は長続きしなかった。話し疲れた、といったふうに、やがてふいに話を終わらせると、彼は「じゃ、また」と言った。「元気でいるんだよ、美貴。風邪なんかひくなよ」

「丈夫だから平気です。監督もね」

「オーライ、わかった」

そこで電話は切れた。

久爾夫が別荘にいる、とわかっていて、行くことができないとなると、いっそう、会いたいと思う気持ちがつのった。美貴は久爾夫と電話で話をした翌朝、しばらくベッドの中で迷っていたが、意を決して起き出し、外出の支度を始めた。

もしかすると、久爾夫は女性と一緒にいるのかもしれない、と思った。玲子ではない、別の女性。

それならそれでかまわなかった。ごめんなさい、来ちゃいました……そんなふうに無邪気さを装《よそお》って久爾夫の別荘を訪ねる。来てしまった人間を追い返すわけにもいかなくなった久爾夫が、苦笑しながらも中に招いてくれる。車で来ているのだから、とワインは飲まず、ほんの二、三十分、話をする。それで充分だった。別荘に誰が来ていてもよかった。久爾夫に会えればいいのだった。

その日、美貴が車を運転して高速道路のインターチェンジを降りたのは、午後になってからだった。朝から何も食べていなかったことを思い出し、国道に面したコンビニに寄った。広い駐車場のあるコンビニだった。

ツナポテトサンドイッチ、それにミニパック入りの野菜ジュースを買い、駐車場に停めた車のドアを開け放しにしたまま、中でそれを食べた。

よく晴れた、風の強い日だった。雲が風にあおられ、ところどころ薄く長く引き離されて、いちめんの青の中に散っていくのが見えた。コンビニの脇に立っている、カップアイスクリームの宣伝用の細長い旗がはためき、バタバタという音をたてていた。国道を行き来する車は少なかった。

猫の鳴き声を聞いたのはその時だった。ミーミー、という、細く甲《かん》高《だか》い声だった。

　美貴は目をこらした。アイスクリームの旗の真後ろあたり、コンビニの建物の日陰になっている地面に、小さな箱が捨て置かれていた。ショートケーキを入れるような白い箱だった。蓋は開いており、箱のへりから何かとてつもなく小さな生きものが見え隠れしていた。

　美貴は食べかけのツナポテトサンドを助手席に置き、車から降りた。そっと旗のうしろにまわった。白地に黒い斑のある子猫が一匹、ラズベリーソースのこびりついた箱の中で、不安げに動きまわっていた。

　生後二、三週間とおぼしき猫だった。目は開いているが、まだ箱を乗り越えるだけの力がない。毛の白い部分には、べったりと赤いソースが付着していた。

気がつくと、美貴は子猫を抱いたまま車に戻っていた。着ていた薄手のジャケットを脱いで、その上に猫を載せた。掌に収まりそうなほど小さく痩せたからだを撫でてやり、食べかけのツナポテトサンドのツナだけを指先にぬって、鼻のあたりに近づけてみた。

子猫は無反応だった。まだ母乳しか飲めないのかもしれなかった。美貴はいったん車から降り、再びコンビニに寄って、牛乳のミニパックと、目についた猫用の缶詰を買って戻った。

猫は飼ったことがなかった。人間の飲む牛乳を与えていいものかどうかわからなかったが、指先に牛乳をつけて子猫の口もとになすりつけてやった。子猫は牛乳にも無反応で、口もとの白い毛を濡らしただけだった。

次にキャットフードの缶を開け、人間の赤ん坊の離乳食のように見える、つぶしてトロトロになったビーフを指ですくって、同じようにしてみた。猫は何をされているのかわからない様子で、むずかるように顔をそむけた。

小さな命だった。いつ捨てられたのかはわからなかった。入っていた箱の様子からみると、わずか数時間前のことになるのかもしれないが、このまま水分を与えずにいれば、じきに脱水症状をおこして死んでしまう可能性があった。

ともかく久爾夫に相談しよう、と美貴は思った。久爾夫なら子猫の扱い方を知っているに違いなかった。指示してくれるに違いなかった。彼の手にあまれば、どこか近くにある獣医を教えてくれるに違いなかった。

久爾夫の別荘を訪ねることの言い訳ができたことに、深い安堵感を覚えた。美貴は子猫が動き出さないようにジャケットでやわらかくるみ、車を発進させた。

猫を拾った場所から彼の別荘までは、十五分ほどだった。道は空いていて、信号にも引っかからなかった。

静かな別荘地の奥、透明な波形プラスチックでできた簡易車庫の中に、久爾夫の車が停められているのが外から見えた。他に車の影はなかった。

いつものように、美貴は車を少し離れた空き地に停め、エンジンを切った。車内が静まり返った。車内のデジタル時計は、午後二時三十四分を示していた。

ジャケットに包まれた子猫の様子を見た。猫はまぶしそうな目であたりを窺《うかが》った。

バッグの中のハンカチを取り出し、白い毛にこびりついているラズベリーソースを拭いてやった。血のように見える赤いソースの色は、なかなか消えなかった。

ジャケットごと猫を抱き上げ、車から降りた。午後の日射しが少し傾き、繁った青葉のそちこちで、無数の木洩れ日を踊らせていた。あたりに人影はなく、むろんのこと通りすぎていく車もなかった。近隣の別荘に人が来ている気配もしなかった。

風だけが吹いていた。鳥が二羽、近くの木の梢から飛び立った。ヒヨドリかカケスのようだった。大きな羽音に驚いたのか、あるいは風の音が怖いのか、腕の中の子猫が情けない声で、ミーとひと声鳴いた。その直後だった。いきなり、あたりに乾いた音が響きわたった。パーン、という音だった。

何なのか、わからなかった。それまで聞いたこともない種類の音だった。

美貴は思わず立ち止まり、自分の腕の中の子猫を見た。何故、そんなことをしたのかわからなかった。

子猫と目が合った。子猫はすがるような、震えるような目で美貴を見上げた。

ごう、と地響きをたてながら風が吹いた。もう一度、パーン、という同じ音がした。

美貴は目だけ動かして、久爾夫の別荘を見つめた。

もう何も聞こえなかった。


今、美貴は車の中にいる。母名義の車ではない。三年ほど前にローンを組んで買った車である。

エンジンを切り、少しの間、放心したようにフロントガラスの向こうを見つめる。まばゆい光が木洩れ日となって、ガラスの上で踊っている。

車のキイを抜き取り、バスケットを手にして、車から降りる。風が吹きつけてきて、美貴が着ている草いろのカーディガンの裾をはためかせる。

かつて岸田久爾夫の別荘があった一角には、もう何もない。事件後しばらくたってから、久爾夫の兄の喬夫は、建物を取り壊した。久爾夫の車がいつも停められていた屋根つきの簡易車庫も、牧場の柵のようだった白い小さな門扉《もんぴ》もすべて。

庭だけはそのまま残されたが、手入れする者のいなくなった芝は乱雑に伸びるだけ伸びて、雑草のようにしか見えなくなっている。庭を囲むようにして美しく並んでいた樺の木や樅の木は、何を思ったか、喬夫が伐採させてしまい、跡形もなく消えている。

だが、ナツツバキの木だけはそのままだ。美貴は伸び始めた芝の上を歩き、ナツツバキの木の下に行く。青葉が美しく繁っている。

バスケットと共に持ってきたビニールシートを地面に拡げる。拡げるのだが、すぐに風で吹き飛ばされそうになる。

飛ばされないよう、シートの上に腰をおろし、脇にバスケットを置く。ポット入りの紅茶を紙コップに注ぐ。もうひとつの紙コップにも注いで、それを自分の隣に置く。香ばしい匂いのするバゲットを半分にちぎり、ハムやチーズなどを盛った皿に添える。クラッカーにレバーペーストを塗る。

毎年、この日に美貴はここに来る。来てはこうやって、ひとりでピクニックをする。

大学院を卒業してから、お世辞にも程度が高いとは言えない私立女子大で、英文学を教えるようになった。だが、この日だけは何があっても、終日、休講にする。誰かと約束もしない。予定は何も入れない。六年前の今日、久爾夫は別荘の居間で、一九五五年ロマネ・コンティのボトルのラベル部分に、ピストルの銃口をあてがった。ひと思いに引き金を引き、それを撃ち砕いてから、次に彼は両手でグリップを握りしめ、銃口を口にくわえた。

引き金にかけた指に力をこめるまで、いくらか時間がかかった。ためらったのか。恐怖に打ち勝とうと、心の中で何か唱えていたのか。祈りを捧げていたのか。誰かの名を呼んだのか。

彼がどうやってピストルを手に入れたのか、わかっていない。バンコクでのロケの際、現地の怪しげな男たちと接触していた、という情報ももたらされたが、その男たちが誰だったのか、果たして実際に彼らを通し、日本でピストルを調達できる方法があったのか、何も判然としないまま、時が流れた。

美貴は今も思う。あの日、コンビニで子猫を拾わなければ、と。たとえ拾ったとしても、キャットフードや牛乳を与えようとしなければ、もっと早く久爾夫の別荘に到着していたのではないか、と。そうすれば、彼の死を阻止することができたのではないか、と。

だが、そんなことはいくら考え、後悔しても詮ないことだった。たとえあの日、子猫に時間をとられなかったとしても、久爾夫はいつかまた、同じことをやったかもしれなかった。彼の死に向けた助走を食い止めることは、誰にもできないのかもしれなかった。玲子でさえ。

拾った子猫にはクーと名付けた。クニオのクーだ。

クーにはいつも、久爾夫の話をしている。あの時、一緒にあの部屋に入ったよね、と。そんな話を始めると、いつも忘れかけていた恐怖が甦り、思わずクーの背に顔を押しつけてしまう。

撃ち抜かれた石榴《ざくろ》のように烈しく飛びちった、いとしい男の赤黒い頭部。床に大きく投げだされ、そこだけ生きているもののように見えた両足。そして、粉々になった瓶から流れ出していた液体。一九五五年のロマネ・コンティ……。

海鳴りを思わせる風の音がする。それは連鎖する波のように、次から次へと木々の梢を吹き抜けていき、やがて、ごうごうという遠い地響きを残す。

美貴は紅茶を飲む。ワインの代わりに。美貴はチーズをつまむ。久爾夫の代わりに。

風が頭上のナッツバキを吹き抜け、美貴の頬を撫で、どこかに消えていく。美貴はふと、後ろを振り返る。

風がつくる、目に見えない道が遠く長く伸びている。その先に、胸焦がれるほどいとおしいもののまぼろしを見たような気がして、美貴は思わず目を細める。

つづれ織り

本当のことは口に出して言ってはならない、と幼いころから知っていた。

嘘をついてはいけないが、だからといって、感じたこと、心をよぎったことをむきだしのまま、自分以外の人間に語るものではない、と思っていた。

まだろくに漢字も書けないくらい小さい時分から、どうしてそんなことがわかっていたのか。好き、とか、嫌い、とか、さびしい、とか、嬉しい、とか、こわい、とか、子供らしく無邪気に訴えたり、心のかたすみを吹き抜けていった感情を逐一、誰かに明かしたりすることがわたしにはできなかった。

何故、そうなったのか、わからない。真実を口にすることは、時として恐ろしい行為であること、何をしゃべってもいいが、本当のことだけは決して誰にも言わず、胸に秘めておくべきであることを、誰に教わったわけでもないというのに、わたしは早くから知っていたのだ。

わたしは不幸な子供だったのだろうか。それとも、そんなに早くから人生という名の、広大無辺な宇宙を感じとることができて、幸運だったと言うべきなのだろうか。

わたしは昭和二十七年、東京の下町で生まれた。二つ違いの兄が一人。母は専業主婦で、父は自動車部品関係の小さな企業に勤める会社員だった。

母は朗《ほが》らかな人だったが、父は無口で、必要な時以外、ほとんどものをしゃべらなかった。食事の時も、つまらない話をわあわあとしゃべっているのはわたしと兄と母だけで、父はいつもむっつりと、気難しげな顔をして箸を動かしているだけだった。

酒も賭け事もやらなかった父の、唯一の趣味が日曜大工だった。日曜日は、朝からくわえ煙草をして、小さな庭で大工仕事に精を出した。もともと手先が器用で、ものを作ることが好きな人だったことは知っている。だが、家族と話すことが何もなかったから、話したくなかったから、そうするようになっただけで、父は日曜大工など、本当はやりたくもなかったのかもしれない、と今は思う。

小さな椅子や引き出しつきの箱、小机などを意味もなく造り続ける大工仕事をひと通り終えると、父は夕方から、ふらりとどこかに出かけて行った。酒も飲まない、マージャンもパチンコもやらない父が、どこに行ったのか、早くから勘づいていたのは母だけだった。

そのうち父は、静岡に新しい工場ができたから、という理由で、静岡に出張することが多くなった。時には月のうち半分近く、静岡に滞在して戻らなくなることもあった。

母よりも若い女と父が、ねんごろな関係であったことがはっきりしたのは、わたしが小学校にあがってまもなくのことだ。

相手は、わたしや兄が通っていた幼稚園の先生をしている女だった。ころころと太った、愛嬌のある女だったということしか、わたしの記憶にはなく、どうやって父が彼女と親しくなったのか、その経緯についても聞かされていないし、少なくともわたしには想像もつかない。浮気どころか、女に軽口をたたいている光景すら想像できないのが父であった。

だが、父は自分に他の女がいることを明かし、申し訳ない、別れてほしい、と母に頼んだ。黙って畳に両手をつき、頭を下げた。

母は、お櫃《ひつ》の中の冷たくなった飯粒をわしづかみにし、父に向かって投げつけた。何度も何度も投げつけて、それでも足りずに箸を投げ、空の湯飲みを投げ、平べったくなった座布団を投げ、あげく、両親がのっぴきならない状態にあると感じて、隣の部屋で怯えていたわたしに「美和子《みわこ》」と声をかけた。「お兄ちゃんを呼んできて。明日、三人でここを出るのよ。いい？」

夏休み中だった。翌日、わたしと兄は母に促されて家を出た。母の姉は当時、独身のまま、大森の借家に独り住まいをしていた。数日、そこに厄介《やっかい》になるが、すぐに三人で暮らす家を探して、新しい小学校に入る手続きをとるから心配しないように、と母は言った。

その時、母はボストンバッグを二つ、手にしていた。三人の下着や衣類、わたしと兄の学校の道具が詰め込まれていて、バッグはどちらもかなり重たかった。

二つとも持っていると、まだ幼かったわたしの手を引くことができなくなる、というので、母は荷物の一つを兄に持たせた。

ほんの子供だった兄は、荷物がぎっしりとつめられた重たいボストンバッグを引きずるようにしながら歩いた。真っ赤な顔をして、しばらくの間、頑張っていたが、途中で立ち止まり、こらえきれなくなったように泣きだした。

「泣かないで！」と母が振り返り、叱りつけた。「男の子でしょ」

それでも兄は泣きやまなかった。母はため息をつき、地面に下ろされたままになっていたボストンバッグをひょいと持ち上げると、わたしに向かって、このバッグの把手《とって》を握りしめていなさい、絶対に放しちゃだめよ、と命じた。

わたしも兄も、何事もなかったかのように再び歩きだした母に従った。そうするしかなかった。恐ろしいことが起こっている、とわかっていたが、何か質問したり、不安がってべそをかいたりすることは、子供心にもためらわれた。

しがない会社員で、ろくな蓄《たくわ》えもなかった父からは、充分な慰謝料など望むべくもなかったと思われる。だが、母には娘時代に習い覚えた洋裁の腕があった。

衣類は買うものではなく、作るものだ、と誰もが考え、洋裁の需要が豊富にあった時代の話だ。なんとか一人でも子供たちを育てていけるだろう、と判断した母は、自分で見つけてきた大田区の借家に身を落ち着けるなり、なけなしの金をはたいて、ミシンを買った。

ミシンといっても、電動式ではなく、足踏み式のものだ。椅子に座って、両足で四角い天板のようになったものを踏みつけると、糸の通った針が上下に動く仕組みになっている。速く踏めば、針の動きは速度を増し、ゆっくり踏めば、一針一針、手縫いで縫うような動きになる。

右側には手動の丸いハンドルがついており、それをまわしながら、針を上げたり下げたりし、布の位置や縫い目の方向を変えていく。鉄製だったので、当時、家庭で使われる足踏みミシンといえば、アップライトピアノに次ぐ重量があることで有名だった。

借りた家は台所と風呂の他に二間しかなく、ミシンは畳の部屋に置く他はなかった。重みで畳が沈みこまないように、と母はミシンの下にベニヤ板を敷いた。そのため、足で踏むたびに、足踏み板が板にあたり、かつかつという乾いた安っぽい音をたてた。

母は、小さな家の、煤《すす》けた丸木造りの門に、「洋裁仕事、承《うけたまわ》ります」と書いた札を下げた。

初めのうちは、エプロンのポケットつけや、布を縫い合わせて袋を作るなどの、主婦向けの内職仕事をこなして、わずかな生活費を得るのが精一杯だったのだが、そうこうするうちに、駅前の庶民的なテーラーから、ちょっとした男ものの上着を作る下請けも任されるようになった。隣町の河川敷にある被服工場からは、大量の仕事が入ってくるようにもなった。時に母は、徹夜でミシンを踏み続けた。

兄は、朝、家を出て行ったら、学校が終わってもどこかで遊びまわって、日が暮れるまで戻らない子供だったが、わたしは身体が弱く、しょっちゅう具合を悪くして、学校を休んでは家で寝ていた。風邪、原因不明の発熱、下痢《げり》、嘔吐《おうと》……日替わりメニューのように、症状は変わった。

どんな状態であっても、母はとりたてて不安そうな顔は見せず、きびきびとわたしの世話をし、かたわら、ミシンに向かいながら仕事を続けた。わたしは、母の使うミシンの音を聞きながら、布団の中でうとうとしていた。

ミシンの音が途絶えたな、と思うと、母がわたしの枕元で片栗粉をといてくれている。葛粉《くずこ》ではなく、片栗粉を椀に入れ、湯を注ぎ、こね、砂糖をまぶすのである。食欲のない時でも、なんとか食べることのできた唯一の食べ物である。本当は葛粉で作るものだったのだろうが、葛粉は高価で、手に入りにくかったのかもしれない。

「熱いから、ふうふうして食べるのよ」と母に言われ、わたしは椀の中の、白くやわらかなものに、ふうふうと息を吹きかける。吹きかけているうちに、少しずつ食欲がわいてくる。

とろとろしたものをスプーンですくって口に運ぶ。表面は冷めているのに、中はまだ熱い。あちっ、とわたしが顔をしかめると、母が笑う。だから言ったでしょ、と言って、また笑う。

母は背が高く、ほっそりとして色の白い、整った顔だちをしていた。笑うと八重歯のある白い歯がのぞき、子供の目から見てもたいそう美しく、魅力的で、わたしは母の笑顔を見るのが大好きだった。

椀の中のものを食べ終えると、母がほうじ茶をいれてくれる。時には「お兄ちゃんには内緒よ」と言って、当時、贅沢品《ぜいたくひん》だった桃の缶詰を開けてくれる。

母はわたしと一緒になってお茶を飲み、缶詰の中の甘いシロップ漬けの桃を食べ、猫のお母さんがねずみの子供に子守歌を歌ってやったらどうなると思う？　という牧歌的な質問をしたり、『まりーちゃんとひつじ』と題された外国の童話の絵本を読んでくれたりした。

そんなある日、学校から帰ったわたしが家の外で近所の子供たちと石けりをして遊んでいると、家の玄関から母が青い顔をして出て来た。左手に白い手拭いが巻かれ、それは血で真っ赤に染まっていた。

わたしは声にならない叫び声をあげた。母はわたしを安心させようとしたのか、ぎこちない笑みを浮かべながら、「平気」と言った。「ちょっとね、うっかりミシンで怪我しちゃって。病院に行ってくるわね」

「美和子ちゃんのお母さんが大変だ」と子供たちが騒ぎだした。中には血を見て驚くあまり、泣きだす女の子もいた。

その甲高い泣き声に、張りつめていたものが切れてしまったのだろう。軽い脳貧血を起こしたようで、母は左手をおさえたまま、ふらふらと膝を折り、地面に頽《くずお》れた。

その直後、自転車の急ブレーキの音が響いた。白いワイシャツに黒いズボンをはいた通りがかりの若い男が、自転車から飛び下りるなり、母のもとに駆け寄った。

どうしました、と男は訊きながら、母を助け起こした。

母はぐったりとなって男の腕に抱かれながら、「すみません」と消え入るような声で言った。「どこか病院に連れて行ってくれますか。ミシンで指先、ぬっちゃって」

まわりの子供たちが一斉に息をのむ気配があった。わたしは足踏みミシンの太い針を思い浮かべた。あの太い針が母の指を突き刺したのだと思うと、めまいがし、嘔吐感がこみあげた。

男は懸命になって声をかけながら、母を抱き起こし、脱げてしまっていたサンダルを履かせると、自転車の後ろの荷台に乗せた。そして、母の腕を自分の腰にまきつけるよう、指示した。母はされるがままになっていた。

手拭いでくるまれた母の手が、男の白いワイシャツを赤く染めていくのが見えた。動転していたわたしは、その時になって初めて、彼が大家である雨宮《あまみや》の大学生の息子であることに気づいた。

わたしたち家族が借りていたのは、ちまちまとした小さな箱のようになって立ち並んだ三軒の貸家の、一番右端の家だった。大家である雨宮家の敷地は、その貸家の真裏に拡がっていた。

敷地は広く、鬱蒼《うっそう》とした雑木林に被われ、夏ともなると、蟬が集まってきて、日が暮れるまで鳴き続けた。近所の子供たちの格好の遊び場にもなったはずだが、門扉《もんぴ》が常に固く閉ざされ、大人の背丈よりも高い塀《へい》には有刺鉄線が張りめぐらされていたため、誰も中に入ることはできなかった。

だが、雨宮が貸していた三軒の家の住人だけは別だった。貸家の北側には、敷地との仕切りになる木の塀が設《しつら》えられてはいたが、あくまでも簡素なもので、大人でも少し身体を丸めれば、容易に塀をくぐりぬけ、雨宮の敷地内に入ることができた。

行ってはいけない、と母から注意されてはいたが、わたしはよく、こっそりと塀をくぐり、雨宮の敷地にしのびこんだ。いつ行っても人影がなく、背の高い木々がトンネルのようになって梢を伸ばしていた。

遠くに覗き見ることのできる雨宮の家は、当時としては珍しい、スペインふうの二階建てで、外壁は白のコテ塗り、屋根瓦がくすんだ赤、という美しい建物だった。

窓という窓には、薔薇《ばら》色のカーテンがかけられていて、一階には庭に向かってせり出したテラスがあり、晴れた日には決まってそこに、形の美しい鳥籠が出された。雨宮家が飼っていた番《つが》いのカナリアを日光浴させるためらしかった。

だが、いつだったか、そのカナリアは二羽とも、近所の猫に食われてしまった。暴れたカナリアの黄色い羽は風に乗って舞い、何日にもわたって、たんぽぽの綿毛のようにあたりを浮遊したあげく、路地の水たまりの中に泥と共に沈んでいった。

雨宮家の主は、雨宮物産という会社の二代目社長だった。家族は、病弱で入退院を繰り返してばかりいる妻と、国立大学に通う長男、有名私立女子高校に通う長女の四人で、他に住み込みの家政婦が一人いた。家政婦は、老いさらばえたニワトリのように見える、無愛想な醜《みにく》い女だった。

雨宮夫人の姿を見かけることは稀だったが、家政婦はよく、雨宮の家のまわりの草むしりをしたり、枯れ葉を掃除したりして、仏頂面をしながら忙しそうに立ち働いていた。髪の毛を清楚な三つ編みに結った長女は、顔が蠟《ろう》のようになめらかで彫りの深い、美しい少女だった。

わたしたちが遊んでいる横を、セーラー服姿の彼女は学生鞄を手に背筋をぴんと伸ばし、気取った歩き方で通り過ぎて行った。声をかけることもなければ、笑いかけることもしない。無言のまま、自宅の通用口に入って行くのが常で、近所の男の子たちは、長女が門の向こうに消えて行くのを見届けるなり、時々、そろって彼女の歩き方のまねをした。あまりにもそっくりだったので、そのたびにわたしたちは声をひそめて笑い合った。

だが、大学生の長男だけは、子供たちに優しかった。空き地で男の子たちのキャッチボールの相手をしてやったり、ミットのはめ方だの、バットの振り方だのを教えてやったりしていた。

わたしたち女の子にも、時折、声をかけてきた。せいぜい、やあ、と言って、白い歯をみせて笑いかけてくれる程度だったが、父親とも叔父とも言えない年齢の男に、そんなふうにされると、どう応えればいいのかわからなくなって、わたしも他の女の子たちも照れくさくなり、黙りこくった。

そんなわけで、個人的に会話を交わすどころか、挨拶したことすら一度もなかったのだが、彼はわたしのことを覚えていたようだった。

わたしに向かい、妹同様、整った顔だちの、美しい切れ長の目を瞬《またた》かせて、彼は「これからお母さんを病院に連れて行くからね」と言った。自転車のサドルに腰をおろし、ペダルを漕ぎだした彼は、全身に力をこめた。彼の全身が、筋肉の塊《かたまり》と化したように見えた。母はぐったりと、彼の背中に顔を埋めるような姿勢をとった。自転車は注意深く、しかし、次第に速度を上げていった。二人の姿はたちまち遠くなり、やがて路地の向こうの大通りに消えて行った。

ただならぬ気配に気づいた近所の主婦たちが、わらわらと飛び出して来た。

子供たちが我先にと報告する言葉をつなぎあわせ、やっと事態を把握することができた一人の主婦が、「そう、雨宮さんとこの龍之介《りゅうのすけ》さんがねえ」と言った。「よかったねえ、美和子ちゃん。龍之介さんが一緒なら、お母さん、大丈夫だよ。頭がよくて優秀なだけじゃなくて、龍之介さんはやさしいし、たくましいから」

「おまけに天下一品の男前だし」と別の主婦がひょうきんな顔をしながら言った。

するとと別の中年の主婦が、「うちのくたびれた亭主と交換したいよ」ときわどい冗談を飛ばした。一瞬にして座が賑わった。

「駅前に外科があるから、龍之介さんは、きっとあそこに行くつもりなんだよ。あそこの先生は腕もいいし、心配いらないよ。うちの子が盲腸になって、腹膜炎起こしかけてた時も、すぐ治してくれたから」

わたしは泣きそうになるのをこらえながら、落ち着いているふりをしてうなずいた。

子供たちが家に帰って行った後も、独りで外に残り、道端に腰をおろして母を待った。家に入る気はしなかった。ミシンを見るのがこわかった。

やがて、母が戻って来た。龍之介は自転車を漕いではおらず、荷台に横座りになって乗っている母を気遣いながら、ゆっくりと自転車を引いていた。

母はわたしを見つけると、小さく手を振った。左手には、目にもまばゆいほど白い包帯が巻かれていた。まだ顔に血の気は足りなかったが、笑顔が戻り、元気そうに見えた。

母は静かに自転車から降り、龍之介に向かって小声で「ありがとう」と言った。

そして、断髪にしているやわらかいウェーブのついた髪の毛の乱れを直しながら、立ったまま、包帯をしていない右手でわたしを抱き寄せた。「雨宮さんのお坊ちゃんに、すっかりお世話になっちゃったわ。ね、美和子。お母さん、偉かったのよ。爪をはがされたんだけど、我慢したのよ。泣かなかったのよ。いくら麻酔がきいてるっていっても、そりゃあ、少しは痛かったんだから」

「なんで爪、はがされたの」

「だって、ミシンの針が爪ごと……」と言いかけ、母は「もう平気平気」と言い直して、ふざけたように、右手でわたしの頭をぐしゃぐしゃにかきまわした。

またしても少し気分が悪くなったわたしが、母のつけていたエプロンに顔をうずめると、母は笑いながら、「お兄ちゃんは？」と聞いた。

「知らない」

「帰ってないの？」

「帰ってない」

「あらら。また防空壕に行って遊んでるんだわ、きっと。あそこに行くと、暗くなるまで帰らないんですよ。楽しくて仕方ないらしいの」

「僕も小学生だったら、同じだったと思いますよ。ああいうところは面白くて退屈しないですからね」と龍之介が言った。母は澄んだ笑い声をあげた。

近くの空き地に、かつて防空壕に使われていたと噂されているほら穴があり、主に男の子たちの遊び場になっていた。兄はそこが大好きで、連日、学校の帰りに立ち寄っていた。

母はわたしを抱き寄せたまま、龍之介に向かって会釈した。「ほんとに何てお礼を申し上げればいいのか」

「いえ、いいんです。当然のことをしただけですから。それにしても、入院とか、大手術とかにならずによかったですね」

「ええ。それに左手だったのがまだしもです。右手だったら、後々、いろいろ大変だったと思うわ。洋裁のお仕事も、しばらくの間、できなくなってたかもしれませんもの。あ、そんなことより、さっきお借りした治療費は、後で必ずお届けしますから、ご心配なく」

「いえ、そんなの、いつでもいいんです」

「よくないです。ちゃんとお返ししなくちゃ。ねえ、美和子、お母さんたらね、お財布も持たずに病院に行ったのよ。保険証は持ってたんだけどね。あわてんぼうね」

初秋の夕暮れどきだった。太陽は大きく傾き、誰もいなくなった路地には、三人の長い影が伸びていた。どこかの家から、かぼちゃを煮つける甘辛い香りが漂ってきた。赤ん坊の細い泣き声が聞こえた。

各家々の前には、石造りの小さなゴミ箱が置かれていた。生ゴミを捨てるためのもので、木製の蓋《ふた》がついている。夏ともなると銀蠅《ぎんばえ》がたかり、蛆《うじ》がわくのがふつうだったが、涼しくなったその季節、ゴミ箱周辺には数匹の黒い蠅が飛びかっているだけだった。

そのゴミ箱にやわらかな秋の夕日が射した。どこからかのそのそと歩いて来た、白黒ブチの大きな猫が、ゴミ箱の上に飛び乗り、蓋の匂いを嗅ぎ始めた。

大通りの角を曲がって、自転車に乗った豆腐屋の姿が近づいて来るのが見えた。吹き鳴らすラッパの、くぐもった音があたりに響いたと思うと、近所の主婦が鍋を片手に外に出て来た。

主婦は母を見つけて、無事を喜び、麻酔が切れたら痛みが出てくるだろうし、どっちみち晩御飯の用意が大変だろうから、後でメザシでも焼いて届けてあげる、と言った。

事情を知った顔なじみの豆腐屋が、豆腐を一丁、特別にサービスしてくれた。わたしは母に言われ、豆腐を入れるための容器を家の中に取りに行った。

台所にあった片手鍋をつかみ、再び外に出ようとした。玄関で運動靴をはき、路地の、みんながいるほうに視線を走らせて、わたしはふと足の動きを止めた。

並んで立っている母と龍之介だけが、鬱金《うこん》色の夕日の中に浮き上がって見えた。豆腐屋も近所の主婦も輪郭がぼやけていた。

母はあのころ三十五歳。龍之介は確か、大学三年生だったから、二十一歳。ふたりの間には、十四もの年の差があったはずだ。

だが、子供だったわたしは、世界には大人か子供しかいないと思っていたし、子供以外の大人はみな、一括《ひとくく》りにしてしか見られなかった。年齢差や男女の事情というものが、よくわかっていなかったのだ。

目の前にいる母が、見たこともない女に感じられた。急に外国の絵本の中に入ってしまって、手が届かなくなった人のようだった。

「では僕はこれで」と龍之介が、上気した顔で母に言った。「お大事になさってください」

「ほんとにありがとうございました」と母が頭を下げた。

龍之介は自転車を引きながら去って行った。母は龍之介を見送るともなく見送りながら、わたしの頭を撫で、「さ、お豆腐もいただいたし、そろそろおうちに戻りましょ」と、母らしからぬ、少しうわずった声で言った。

当時、わたしたちが暮らしていた町の最寄り駅には、地元の人々から「たあ坊」と呼ばれる、精神障害をもつ男が住みついていた。本名ばかりか、身元もはっきりせず、年齢すらわからない。今で言うところのホームレスで、見たところ、決して若くはないが、かといって四十を過ぎているようにも思えなかった。

三十前後だったのだろうか。あるいはもう少し若かったのだろうか。いつも片手に大きな黒い、破れかけたこうもり傘を持ち、ぼろぼろの帽子をかぶり、爪先に穴があいた黒いビニールの雨靴をはいていた。駅員の情けを受けて、夜は駅構内のベンチで眠り、昼間はその界隈《かいわい》をひたすらうろうろと歩いて、商店街の人たちが、交代で与えてやる食べ物や飲み物をあてにしながら生き延びている男だった。

歯のない口を大きく開けて、彼は子供たちを見つけると、近づいて笑いかけたり、時には、こうもり傘をふりまわして追いかけたりした。

とはいえ、そこに暴力的なものは何もなかった。彼はただ、子供たちと一緒になって遊びたいだけなのだった。

何故、「たあ坊」と呼ばれるようになったのかもわからないまま、わたしたちは駅の近辺で彼を見かけるたびに、「あ、たあ坊だ」と口々に言い、たあ坊をからかったり、時に本気で怖くなって逃げまどったりした。たあ坊はわたしたちを追いかけてはくるのだが、追いつけずに、いつも悔しそうにしていた。

たあ坊は言葉を知らなかった。彼が何か明瞭な言葉を発しているのを聞いたことがない。字も読めなかったのだろうと思われる。

嵐や雪の日の晩など、わたしは時々、たあ坊がどこで雨風や寒さをしのいでいるのか、想像した。家もなく、親も兄弟姉妹もおらず、来る日も来る日もひとりぼっちでいるということは、どれほどさびしいことだろう、と考えた。あんまり深刻に考えすぎて、たあ坊の孤独が自分に乗り移ってしまったように思われることもあった。

そのたあ坊が、ある時、どこかで子犬を拾ってきた。雑種の茶色い、栄養状態の悪そうな、やせた子犬だった。

たあ坊が、目を細めて子犬の頭を撫でると、子犬は細い尾をふり、嬉しそうにたあ坊の手をぺろぺろと舐《な》めた。

わたしが何度目かに、子犬と一緒にいるたあ坊を駅で見かけたのは、ちょうど、クリスマスの季節で、別れた父と久しぶりに会った時のことだった。

日曜の、よく晴れた日の午後で、父はわたしと兄だけに会うために駅までやって来て、改札口を出たところにあったベンチにわたしたちを座らせると、デパートの包装紙に包まれた箱を手渡した。

行き交う人がわたしたちを見ていた。何がそんなに恥ずかしかったのかわからないが、わたしはひたすら、父を前にそんなふうにしている自分が恥ずかしかった。一刻も早く、家に戻りたいと思った。

箱を手にした兄が、「何これ」と訊いた。

「グローブ」と父は言った。誇らしげだった。「高かったんだぞ。いいから開けてみなさい」

兄はもそもそと包みを開け、ひゃあ、と作ったような声をあげた。

「すげえ」

「野球、してるんだろう？」

「してる」

「じゃあ、喜んでもらえるな」

「もちろん。ありがとう」と兄は言ったが、その言い方には、遠い親戚の男に礼を言おうとする時のような堅苦しさがあった。

「美和子にも、すごくいいものを買ったよ。さあ、早く箱を開けてごらん」

赤いリボンに包まれた箱からは、美しい人形が出てきた。当時、少女たちの憧れの的になりつつあったバービー人形だった。

人形は黒いショートヘアで、白の水玉もようの入った赤いノースリーブドレスを着ていた。足元は、今でいうピンヒールサンダルだった。

首に巻いているネックレスといい、手にはめている小さな白い手袋といい、何もかもが小さくて愛らしかった。わたしはため息をもらしながら、人形を見つめた。

人形の顔はあくまでも西洋的で、似ても似つかなかったのだが、どこか母に似ている気がした。顔が小さく、断髪にして拡げたようなスタイルの髪の毛が、黒かったからかもしれない。

「ほしかっただろ」と父が訊いた。

「うん」

「学校で流行《はや》ってるんじゃないのか」

「持ってる子は一人か二人しかいないわ」

「美和子たちにはずっと、さびしい思いをさせてしまったからな。なんとかして、お父さんは、今年のクリスマスのプレゼントを持ってきたいと思って頑張ったんだ」

新しい所帯をもち、慰謝料もろくに払えなかった父が、どうやってそれだけのものを同時に買うことができたのかはわからない。そのころはもう、幼稚園の先生だった女との間に女の子が生まれていたはずである。

「ありがとう」とわたしは言った。できるだけ自然に見えるように、目を輝かせてみせた。

みんなが欲しがっていたバービー人形が手に入ったと思うと、確かに嬉しかった。すぐに自慢したくなった。

だが、何かがわたしの中にひっかかっていた。それが何なのかはわからなかった。

くたびれた背広に、袖口部分がほつれ始めている古いオーバーを着た父は、情けない顔をして微笑んだ。

「このこと、お母さんには言ってもいいの？」と兄が訊いた。

「もちろんだよ。お父さんからこういうものをプレゼントしてもらった、って、ちゃんと報告するんだよ」

「わかった」と兄は言い、小さく洟《はな》をすすった。

わたしたちのいるところから少し離れた、コンクリートの地面にたあ坊が腰をおろし、子犬をあやしているのが見えた。冬の日射しをあびて、たあ坊が口もとに垂らしていた涎《よだれ》が、てらてらと光った。

わたしはそっと、父の耳元で言った。「お願いがあるんだけど」

「なんだい？　言ってごらん」

「あそこにいる子犬に、何か食べるもの、買ってあげてくれない？」

わたしの視線を追うようにして振り返った父の喉が、かすかに、くっ、と鳴る音が聞こえた。

父は侮蔑《ぶべつ》するように言った。「乞食《こじき》が犬なんか飼って。自分の食うものを探すだけでも大変だろうに」

「頭はパーだけど、悪い人じゃないのよ。ずっとここに住んでるの。ひとりぼっちなのよ」

「人の施《ほどこ》しを受けてる身で犬を飼うなんざ、お笑い種《ぐさ》だ」

「きっと、さびしいからよ。だから犬を拾ったのよ」

「どうだか」

「あの犬、あんなにやせててかわいそう。もうすぐクリスマスなのに。

お父さんが何も買ってくれないんだったら、わたし、これからうちに戻って何か持ってくるわ」

少し考える素振りをしてから、父は両方の眉を少し上げ、口をへの字に曲げ、首を横に振った。「生きていくことはきびしいんだ。ああいう人間にかまうもんじゃないよ、美和子」

でも、と言いかけたが、わたしはそれを素早くのみこみ、黙りこくった。

父はそんなわたしを見て、曖昧に微笑んだ。「お母さんに、たくさん、バービーの洋服、作ってもらいなさい。お母さんなら、できるだろう」

わたしはうなずき、唇の端を吊り上げて笑みを作った。

父はわたしと兄の頭をさらりと撫でると、「じゃあ、またな」と言った。「しっかり勉強して、元気でいるんだよ。お父さんはこれで帰るからね」

「プレゼント、どうもありがとう」と兄が立ち上がりざま言った。わたしも慌てて立ち上がって、同じ言葉を口にした。

父は軽く手を振り、駅構内に消えて行った。たあ坊の抱いている子犬が、きゅうん、と甲高く啼《な》く声が聞こえた。

その晩、わたしは暗くなった部屋の寝床の中で、隣の、母がいる部屋から細く洩れてくる明かりにバービー人形をかざしながら、いつまでも起きていた。母はクリスマスまでに仕上げねばならない、という洋裁の仕事に追われていた。深夜になっても、ミシンの音は途絶えなかった。

　ミシンで左手の中指の爪をぬってしまった母は、その怪我が治るころから、どんどん目に見えてきれいになった。仕事に追われてばかりで、空いた時間はわたしと兄のために食事を作っているか、洗濯をしているか、だけの毎日だったはずなのに、前よりもきれいになった。化粧をするようになったせいではなく、身なりに気をつかうようになったからでもない。母がきれいになったのは、その目に宿る輝きのせいだった。

　わたしは、どこかバービー人形に似ている母が、今、手元にある人形と同じドレスを着て、龍之介に寄り添っている姿を想像してみた。龍之介は、いつものように白いワイシャツに黒いズボン姿だ。

二人は夏の、光あふれる草原に立っている。蝶が飛びかい、夏の花があちこちに咲き乱れ、蜜蜂が単調な羽音をたてている。母が着ているドレスは身体にぴったりと張りついていて、やせているのに、豊満な感じのする母の身体の線を際立たせている。

母が手を口にあてて笑う。龍之介がそんな母をいとおしそうに見つめる。ふたりの目と目が合う。

胸が煮えくりかえるほどいやな光景なのに、切ない気持ちがかきたてられ、想像の中の母から目をそらせなくなるのが不思議だった。

父も母も、みんな遠い、遠くなってしまった、とわたしは思った。たあ坊のように、手をぺろぺろ舐めてくれる子犬がほしい、と思いながら、布団の中で涙をこらえた。

そんなことのあった年の翌年。いつ果てるともなく続く雨ばかりの六月だったが、近所の子供たちの間で、カタツムリの競走ごっこが流行ったことがあった。

カタツムリをつかまえてきては、箱に入れて飼い、顔を合わせれば、それぞれの割り箸や鉛筆に載せて、どのカタツムリが早く割り箸の先までたどり着けるか、競走させる、という他愛のないものである。長梅雨のせいで、濡れそぼったヤツデの葉裏や、生い茂る草の茎、濡れた板塀の陰などを少し探すだけで、大小さまざまのカタツムリを容易に手に入れることができた。

わたしもまた、薄く切ったきゅうりだの濡らしたキャベツだの、餌《えさ》になりそうなものをなんでも箱の中に入れ、逃げ出さないように網などで蓋をしてカタツムリを飼った。なかなか殻から出てこなくなると、「死んだんじゃないか」と思い、ヘアピンの先などで中を軽く突いたりした。

大きなカタツムリほど動きが速かったので、子供たちはこぞって、少しでも殻の大きなカタツムリを探そうと試みた。だが、手に入るのは、中程度の大きさのものばかりだった。

やがて「お父ちゃんが間違えてカタツムリをふんづけて、つぶしてしまった」とか「誰それの弟が、カタツムリは殻をはがしたらナメクジになる、と言いはってきかない」とか、笑い話のようなエピソードが耳に入ってくるころになると、カタツムリレースに向けた子供たちの情熱はピークに達した。

なんとかして、少しでも大きなカタツムリを手に入れたい、とわたしも思うようになった。

そのための秘策は一つだけあった。住んでいる家の北側の塀をくぐり抜け、雨宮の敷地に入るのである。昼間だと見つかってしまうかもしれないので、夕方、少し暗くなってからにしよう、とわたしは密かに決心した。

他の子供たちには秘密にしておけばいいのだった。そもそも、雨宮の敷地に入れるのは、雨宮の店子《たなこ》しかいなかった。三軒の店子のうち、カタツムリレースに参加するような小学生がいるのは我が家だけで、他の二軒に住んでいるのは子供のいない、共働きの夫婦ものだったから、何の問題もなかった。

六月の金曜日だったと思う。母はその日、河川敷にある工場の注文を受けて大量に作った足袋《たび》の代金を受け取って来る、と言い、夕方から外出の支度を始めた。それほど遅くはならないと思うが、もし遅れるようだったら、台所におむすびを握っておいたから、お兄ちゃんと先に食べていなさい、と言われた。

昭和三十八年。東京オリンピックの一年前。都市部ではテレビはすでに、一般家庭にあまねく普及していた。

わたしの家は貧しかったが、借家に越してまもないころからテレビが用意されていた。大森に住む母の姉が、わたしや兄が学校で恥ずかしい思いをしないように、とどこからか調達してくれた中古品だった。

母が兄に向かい、「テレビばっかり観てたらだめよ」と釘をさした。

「先に宿題、やっておきなさいね」

兄は「はぁい」と生返事を返した。

母は自分で仕立てた青インク色の、身体の線が目立つ半袖ワンピースに着替えていた。胸や腰の線がぴんと張って美しく、ワンピースは母によく似合って、まさにわたしが父からもらったバービー人形のように見えた。

めかしこんだ母を見るのはあまり好きではなかった。母が母ではないように見えてくる。一人の得体の知れない女と化して、わたしや兄から、ミシンのある小さな借家から、限りなく遠ざかろうとしているように感じられてくる。

だがわたしは、「きれいだね、お母さん」と言った。「その服、すごくいい」

母はにっこりし、「安い端切れで作ったにしては上等でしょ」と言った。薄く口紅をひいた唇から、白い八重歯が覗いて見えた。「お母さん、イカしてる？」

「うん、イカしてる」

朝から小雨が降り続いている日だった。母は細かい花柄の傘を手に、笑顔を作ったままガラスのはまった玄関の引き戸を開け、出かけて行った。

その年の春、地元の区立中学に進学した兄は、母が留守になったのをいいことに、勉強もそっちのけで、すぐにテレビのスイッチを入れた。NHKでは『チロリン村とくるみの木』を放送していた。

わたしも兄と一緒になってテレビを観、やがて空腹を感じたので、兄と二人、母が置いていってくれたおむすびを頬ばった。兄もわたしもカルピスが大好きだった。わたしは台所に行き、カルピスをコップに入れて、小さな冷蔵庫の中で冷やしておいた水を注いだ。

七時を過ぎても、母は戻らなかった。兄は相変わらずテレビに夢中だった。暑かったので、家中の窓という窓は、開け放しにしてあった。窓の外に、家の軒先《のきさき》や木々の梢から滴《したた》り落ちては草を叩いて弾け飛ぶ、水の音が聞こえた。

わたしが唐突にカタツムリのことを思い出したのは、その時だった。

こんな雨の晩には、きっとたくさんのカタツムリが姿を現し始めているに違いない、と思った。

雨宮の敷地に子供たちはまだ誰も入っていない。今こそ、大きな、誰にも負けないカタツムリをつかまえることができる。

雨宮の敷地に入るには、いったん玄関から外に出て、汲み取り式便所の裏を通り、北側の塀まで行く必要があった。といっても、小さな家なので、わずかな距離である。

わたしは兄に「カタツムリ、取ってくる」と声をかけた。

兄はテレビ画面から目を離さずに、「どこにだよ」と訊いた。中学に入った兄は、カタツムリ競走に興じるわたしたちを馬鹿にしていた。

「うちのまわりをぐるっと見てくるだけ」とわたしは答えた。

遠くに行くなよ、と兄は言ったが、それ以上、興味は示さなかった。

玄関の外に出てみると、雨はほとんどやんでいたが、代わりに霧が出始めていた。家々の門灯や窓からもれる明かりが、霧ににじんでいるのが見えた。

わたしは家の脇を通り、まず試みに、汲み取り式便所の外に生えているヤツデの葉を調べてみた。カタツムリは一匹もいなかった。

北側の板塀のそばまで行き、身を縮めながら塀の下のほうにある隙間をくぐり抜けた。身体を起こし、大きく息を吸ってあたりを見渡した。

葉を繁らせた背の高い木々のあちこちから、滴る水音が聞こえていた。濡れた土の匂い、草の匂いがした。敷地内は霧にまかれ、深い森のようにひっそりとしていた。

霧を透かして向こう側に見えるスペインふうの二階建ての家の窓は、すべて暗かった。門灯は灯《とも》されていたが、一階のテラスにも居間の明かりはもれておらず、家は静まりかえっていて、人の気配は感じられなかった。

留守で誰もいないのかもしれない、と思った。雨宮の家では、定期的に家政婦に休みを与えていて、そのたびに家政婦は都心まで出かけ、妹だか弟だかが住んでいる公団住宅に遊びに行ってるらしい、と母が言っていたことを思い出した。

門の前に、自転車が一台、停められているのが見えた。龍之介がいつも外出時に乗りまわしている自転車だった。

自転車を家に置いたまま、家族で出かけたのか。それとも、相変わらず病弱で入院中だった雨宮夫人の見舞いにでも行ったのか。

暗がりに目が慣れるにつれ、まわりのものがよく見えるようになった。夏に向かって、地面を被《おお》い尽くさんばかりに生い茂っている草の葉は、雨水をためてきらきらと輝いていた。

わたしはおもむろに歩き出した。左側に行くと、数本の木が寄り添うように生えている一画がある。日が当たりにくいので、いつ行っても湿っており、だからこそ、そのあたりには、間違いなくカタツムリが生息しているはずだった。

やわらかな土を踏みながら、わたしは霧の細かい水滴を頬に受けつつ、うす闇の中をそちらに向かった。土があまりにもやわらかく、湿っていたので、運動靴がたてる足音は、たちまち地面に吸い込まれていき、自分でも聞き取れなかった。

怖くはなかった。それよりも、少しでも大きなカタツムリがいてくれればいい、とそれだけを考えていた。

かすかではあるが、人の声と気配を感じたのは、わたしが一本目の木に近づいて、樹液の光る木の幹にカタツムリを探し始めた時だった。

雨宮の家の門の外を左側に曲がったあたり……家と雑木林との境の、陰になっているところに、動く人影が見えた。大きな影と、それよりもひとまわり小さな影。わたしはぎょっとして木陰に身を隠した。

低い声で何かを囁《ささや》いている男の声が聞こえた。すすり泣くような女の声が、それに続いた。

衣ずれの音がした。ため息とも喘ぎ声ともつかない、これまで聞いたことのない吐息のようなものが耳に伝わった。

わたしは目をこらした。二つの人影とわたしとの距離は、十メートルほどだったか。いや、もっと短かったのか。

地を這《は》うように流れていた霧が、いっときゆったりと渦《うず》をまいたかと思うと、ふいにとぎれた。青インク色のワンピースの背がはっきり見えた。その背、その尻、そのウエストには、たくましい腕がまわされ、もどかしげに上下していた。

湿った音とかすかな喘ぎ声が繰り返された。男と女が接吻をしている時に出す音は聞いたことがなかった。だが、その時のわたしには、それが烈しく交わされる接吻の音であることがわかっていた。

「もうだめ」と女が言った。「龍之介さん、もうだめよ。行かなくちや」

「ああ、好きだ。好きでたまらない」と男が言った。「こんなに……」

その後の言葉は聞き取れなかった。自分の心臓の鼓動の音しか聞こえなくなった。

やっぱり、という思いがあったはずだが、そこまで自分の気持ちを確認している余裕はなかった。わたしはそっと踵《きびす》を返した。心臓がふくれあがり、喉から飛び出しそうになっていた。

気づかれ、呼び止められたらどうしよう、と思うと恐ろしかった。母が化け物になったように感じられた。

ぽとぽとと、木立から滴る水音が繰り返されていた。その音がわたし自身の気配を消してくれることを祈りながら、わたしは板塀の下をくぐり、汲み取り式便所の脇を通り抜け、玄関の前まで行き、引き戸を開けた。

兄はまだテレビの前にいた。「カタツムリは？」と訊かれた。

わたしは「見つかんなかった」とだけ答え、台所に行った。水道の蛇口をあけて手を洗った。

洗い終えてから「お兄ちゃん、カルピスもういっぱい飲む？」と兄に声をかけた。

うん、飲む、と兄は答えた。

二杯分のカルピスを作っていると、玄関の引き戸が開いた。

「ああ、遅くなっちゃった。ごめんごめん」と明るく言う母の声が響いた。「あら、まだテレビ観てたのね。宿題もしないで。お母さんね、工場のえらい人に、お菓子いただいたの。おいしそうよ。外国の珍しいお菓子なんだって。お茶いれるから、みんなで食べよう」

その時、母がどこの国の、どんな菓子を持ってきたのだったか、母がどんな顔をしていたのか、何も覚えていない。わたしは「カルピス作っちゃったし、おむすび食べてお腹いっぱいだから、何もいらない」と言い、隣の部屋の自分の勉強机に向かった。

わたしが、宿題をすませようとしているのだと思ったらしい。青インク色のワンピースから普段着のブラウスとスカートに着替えた母は、わたしのそばに来て、「美和子はえらい」と言った。「お兄ちゃんはテレビばっかり。困った子ね。お菓子のごほうびは美和子にあげなくちゃね」

「あとで」とわたしは振り返らずに言った。「あとで食べる」

「そうしなさい」と母はにこやかに言い、居間に戻って行った。

勉強机のまわりに、母の残り香がいつまでも漂った。それは母がふだんつけている安物の化粧水やおしろい、今しがたまで着ていた青インク色のワンピースの布地の匂いではなく、湿った土や草、瑞々しく葉を繁らせ、濡れた葉先から水を滴らせている木々の匂いだった。


それから五ヵ月ほどたった十一月、母は突然、「明日一日だけ、お母さん、旅行に行くことになったの」と言い出した。常日頃、仕事をもらって懇意《こんい》にしている工場の人たちが、社員旅行で温泉に行くのだが、工場長が親切にも自分にまで声をかけてくれた、気持ちをありがたく受け取って、参加してくる、という話だった。

一泊で戻るが、留守中は大森のおばさんがここに来てくれるから、と母は言った。

翌日、わたしが学校に行く時は、母はふだん通り、見送ってくれたが、学校から戻ると、家に母の姿はなく、母が言っていた通り、大森の伯母が来ていた。

その晩は伯母が食事を作ってくれた。わたしや兄の知らないトランプのゲームも教えてくれた。

さらに翌日、わたしが学校から帰ると、母はすでに家に戻っていた。旅行に行ってきたにしては、顔色がひどく悪く、時折、不快そうに両手で腰のあたりをさすっているのが妙だった。

わたしは「どうしたの」と訊いてみた。

母は「温泉につかりすぎたのね。なんだかだるくって」とけだるい言い方で答えた。

箱入りの温泉まんじゅうを、旅行のおみやげだと言って渡された。わたしと兄はそれを食べたが、母は胸焼けがするから、と言って手をつけなかった。

その晩、母は言葉少なに遅くまで起きていた。トイレに立つ回数が多いような気がした。

寝つけなかったわたしは、母の立ち居ふるまいに全身の神経を尖らせた。トイレで吐いているのではないか、と思ったのだ。

十月ごろから母は、よく、トイレや台所の流しでげえげえやっていた。若いころ原因不明の胃病にかかったことがあり、疲れがたまると、たまにこういう症状が出る、と母は言った。

心配だったが、熱がある様子もなく、吐き戻してしまうとすっきりするようで、食欲もあった。ふだんと変わりなく洋裁の仕事を続けてもいた。わたしは黙っていた。

深夜過ぎ、母がふとんから抜け出して、台所に行く気配があった。台所の流しに向かって、また吐いているのだろうか、と思った。だが、吐き戻している様子はなかった。やがて、押し殺したようにすすり泣く母の泣き声が聞こえてきた。闇を切り裂く、か細い悲鳴のようだった。

わたしは耳をふさいだ。

あれから四十五年の時が流れた。先月誕生日を迎えたわたしは、五十六歳。定年を間近に控えた同い年の会社員の夫との間に、二人の娘がいる。

長女は二十六歳、次女は二十三歳。長女は大学を卒業してから中堅の広告代理店に就職し、次女は専門学校を出た後、好きだった写真の道に進んだ。二人とも家を出て、都内で一人暮らしをしている。

わたしに経済力はなく、なんとか夫の収入だけでここまでやってきた。贅沢な暮らしには子供のころから縁遠いが、人並みな生活は続いているし、これからもそうだろう。

娘が二人とも独立し、夫婦二人の暮らしになって二年たつ。夫婦だけの時間は、決まった時刻に飛び出しては時を告げてくる鳩時計のようなものだ。限りなく退屈で、わけもなくばかばかしくて、時に腹もたち、小うるさいことときわまりないが、それでもそれがないと、ぬくもりが失われる。捨てるに捨てられない。

母はわたしが四十になった年に病死した。まだ六十四だったから、若死にの部類に入るだろう。長患《ながわずら》いはしなかった。病院で最後の二週間を過ごし、わたしたちや兄一家が見守る中、眠るように逝《い》った。

生前、母と親しく話す機会は何度もあったが、母が雨宮龍之介の名を口にしたことは一度もない。昔の懐かしい話、大田区の借家時代の話が出ても、母は決して龍之介の話はしなかった。わたしも訊かなかった。だから、龍之介がその後、どうなったのか、母と何があったのか、母とどんなふうにして別れたのか、わたしは何も知らない。

母の血はわたしの中にも流れているのか。わたしの人生もまた、母のそれに似ている。真実を誰かに語ることに命をかけたり、真実を探りあてようとしたり、それらを人に向かって言葉にするために力んだりすることのない人生だった。

何がいったい真実なのか、誰にもわからない。これこそが真実だと信じていたものが、するりと指の間から逃げていく。必死になって追いかけていたものが真実ではなく、邪険になげうち、見捨て、唾を吐きかけたものが真実だったりする。

情欲も、苦しみも、憎悪も、喪失の悲しみも絶望も不安も、それのどこに真実が潜んでいたのか、本当のことを知っているのは自分だけ。

そんなふうにして母は生きたのだろう。わたしも同じだ。きっとわたしの娘たちも、娘たちがこれから生み育てる子供たちも同じだろう。目を閉じると、雨宮の家の深い木立に被われた敷地が拡がる。雨が降っている。霧が出ている。日が射して、めまぐるしく躍る木洩れ日を作っている。草花が風に揺れる。蜜蜂が飛び交う。豆腐屋のラッパの音が聞こえる。石けりに興じる子供たちの歓声が轟《とどろ》く。どこかで赤ん坊が泣いている。雨戸を開け閉めする音が響く。下手なピアノの音が、遠く風に乗って流れてくる……。

その風景のどこかに……つづれ織られた記憶の布のどこかに、若かった母が、年若い青年に抱かれている情景が重なって見える。

あまりにも長い時間が流れたからか。それとも、母が記憶を失ってしまったかのように何も語らず、わたしもまた訊かずにきたせいなのか。それは織り上げられた一枚の見事な敷物のように美しく、どこをどう探しても、人の心の生臭さはかけらも残っていない。

落花生を食べる女

窓の外では、五月の雨が降り続いている。仄暗《ほのぐら》い小さな庭に、濡れた緑が鬱蒼《うっそう》と生い茂っているのが見える。

あかりは、さっきから黙ってテーブルに向かい、無心に落花生を食べ続けている。数日前、千葉に住んでいる知人が送ってきたもので、段ボール箱一杯分ほどあるのだという。

落花生は、大ぶりの丸い木の器に山のように盛られている。ぱり、と指先で殻を壊す、乾いた音がする。次いで、薄皮をむく気配、豆を噛む歯の音が続く。殻が、拡げたティッシュペーパーの上に積まれていく。

築五十年にはなるであろう、古い家である。ひしゃげた黒い雨樋《あまどい》を伝って落ちる、雨の音が聞こえている。畳の上に薄い絨毯《じゅうたん》を敷き、洋間として使っている座敷は、早くもうす闇に包まれ始めている。灯《とも》されたスタンドの黄色い光が、ぼんやりとあたりのものを照らし出し、そんな中で見るあかりは、点描画の中に描かれた女のように捉えどころがない。

孝太《こうた》があかりの家を訪ねてから、早くも一時間ほど過ぎた。話したいことが山のようにあったのに、あかりの顔を見ると何も言えなくなった。聞くこともできなくなった。だから彼はさっきから、落花生を食べ続けているあかりの姿をただ、ぼんやりと眺め続けている。

あかりの手の指は長くて細く、形がいい。だが、かなりの皺《しわ》が寄って、関節部分は節くれだっている。甲の部分には何本もの青すじが浮いている。そばかすなのか、しみなのか、薄茶色の小さな斑点《はんてん》もいくつか散らばっている。

マニキュアは塗られていない。ふだん、指輪をいくつかはめているのだが、今日はそれもつけていない。

規則正しい機械のように、その手が落花生の殻をつぶし続ける。たまに指先でつぶせないほど固い殻があると、あかりは少し苛立ったようにそれを口に運び、殻ごと歯でかみ砕いてから、中のものを取り出す。そのたびに、手首に何重にも巻いている、鼈甲《べっこう》色の細いゴムのバングルがあかりの腕を上下する。

黒く染めた長い髪の毛は、ゆるく巻き上げて飴色のバレッタで留められている。白い木綿のシャツの裾をりぼん結びにして、腰回りのゆったりした七分丈の黒のカーゴパンツをはいている。化粧の仕方もいつも通りである。

あかりは、モデルの仕事をしていたころからずっと、目が小さいことを気にしていた。孝太から見れば、いったいその目のどこが小さいのか、と言いたくなるが、本人は小さいと思いこんでいて、気にするあまり、アイメイクに時間をかける。

あかりのアイメイクは、あかりにしかできない。たぶん、あかりにしか似合わない、と孝太は思っている。

アイシャドウは薄いのだが、ひたすら目のふちを黒いアイラインで太く取り囲む。黒いマスカラも怖がらずごってりと、睫毛《まつげ》がごわごわになるまで塗りたくる。驚くべき大胆なアイメイクだったが、不思議と下品にならず、滑稽にもならず、あかりにはよく似合った。

きわめて姿勢がいい。ぴんと伸びた背中。惜しげもなく拡げられた横隔膜。すうっと鶴のように美しく長い首。

襟を半分立てて着ている白いシャツの前ボタンは、三つほど開けられている。胸元には首から下げたメタルフレームの老眼鏡が、大きなペンダントのように揺れている。

見たことも触れたこともないが、シャツの下の乳房は今も豊かに見える。それはきっと、水餅のようにやわらかくて温かいのだろう、と孝太は密かに思う。

今年の誕生日を迎えると、あかりは七十になる。ごくふつうに言えば、老婆と呼ばれても不思議ではない年齢にさしかかっているのは事実で、息子が二人、孫も三人いる。

だが、たいていの人は、あかりの正確な年齢を言い当てることができない。知ると驚く。どう見ても五十代にしか見えない、と言ってくる。四十代でしょう、と真顔で言ってくる人も少なくない。孝太は今年四十になるが、三十も歳下である彼と並んでいてさえ、孝太と同世代と思われたことがある。

そのことを話題にするたびに、あかりはけらけらと、少女のように笑いころげる。そして、馬鹿みたい、と他人事のように言う。あまりそういったことに関心がないのか、単に照れているだけなのか、たいてい、その種の話はそこで終わってしまう。

十九のころから、長くモデルとして活躍していて、あかりはいろいろな婦人雑誌の表紙を何度も飾ってきた。

二十一の若さで、大学の同級生と学生結婚。たて続けに息子を二人もうけたが、子供たちが成人するのを待って、四十二歳で離婚した。その後は独身を通している。

離婚する直前のことだったが、ほんの思いつきで、あかりは小さなデザイン会社を立ち上げた。たいしたこともしていなかったようなのに、経営はすぐに軌道に乗った。一時はスタッフを五十名近く抱える大所帯にまで発展したこともある。

だが、経営者としての意外な才能はあっても、当のあかりは経営そのものには関心がうすく、すぐに飽きた。そのうち本当に面倒になったのか、会社の運営も人任せにするようになった。

会社の金を持ち逃げされたこともあれば、怪しげな人間に乗っ取られそうになったこともある。そのたびにあかりは、もう面倒くさいから会社をたたむ、と宣言したが、今さら、そんな勝手は許されないとして、周囲にきつくたしなめられてきた。

会社は世間の荒波にもまれ、縮小せざるを得なくなったし、必ずしも安定しているとは言いがたいが、今も変わらずに存続している。あかりのデザインする服や小物類の愛用者は多い。親子代々、あかりのファン、という者もいる。

かつて、あかりが専属モデルを務めていたのは、当時、業界ではトップの座を占めていた月刊女性誌『ドレス』だった。そして、『ドレス』の編集長の座にいたのが、孝太の父、仁一郎《じんいちろう》である。

孝太が十三歳、中学一年の時、学校から帰ると、自宅前に一台のタクシーが停まっていた。後部座席に女がひとり、座っているのが見えた。

彼が、自宅のフェンスについている背の低い門扉《もんぴ》を開けようとした時、女は車のウィンドウをするすると開け、窓から顔を出すなり、声をかけてきた。

「ねえ、もしかして、あなた、仁さんの息子さん？」

父のことを「仁さん」などと呼んでくる女は初めてだった。振り向いた孝太が、無表情に黙ったままでいると、車の中の女はにっこりと屈託なく微笑みかけてきた。

「やっぱりそうだ。よく似てる。そっくり。今ね、あなたのお父様を迎えに来て、ここで待っているところなのよ」

その時、家の玄関ドアが開き、父が外に出て来た。父の後ろにちらりと見えた母の姿は、すぐに奥に消えていった。

父は、「おう、孝太。今、帰ったのか。おかえり」と言った。どことなくわざとらしい言い方だった。

車の中で父を待っていた女は、父の編集する雑誌の専属モデルだと聞かされた。改めて小声で挨拶しながら、孝太は深く納得した。孝太の目に、当時四十三歳だったあかりは、テレビや映画の中でしか見ることのできない女優のように映った。

家に入ってから、孝太は母親に、今、そこで『ドレス』の専属モデルの女の人と会った、と教えた。母は「そう」と言いながらも、視線を宙に漂わせながら顔をそむけた。

二度目に孝太があかりと会ったのは、五年後、高校三年になった年だった。『ドレス』の関係者やモデルたちを集めた、花見の会が行われた時のことである。

土曜日で学校は休みだった。孝太が遅く起きて、オープンキッチンのある居間に行くと、母親は孝太のために目玉焼きを焼きながら、言いにくそうに言った。「今日の夕方、お父さんの会社でお花見の会があってね、お母さんも行かなくちゃいけないことになってるの。お父さんはその準備があって、さっき出かけたんだけど。ねえ、あんた、お母さんと一緒に行ってくれないかしら」

「どこに」

「だから、そのお花見の会によ」

孝太は目をむいた。「なんでそんなものに、俺が行かなくちゃいけないんだよ」

「一人で行くのがいやなのよ。そういう華やかな場所は昔から苦手だし」

「一人で行けないなら、美佳《みか》を連れてきゃいいじゃないかよ」

美佳、というのは孝太の妹で、当時中学三年だった。

目玉焼きを焼いていたガスの火を止めるなり、母は振り返って孝太を見た。そして、やおらくちびるを震わせたかと思うと、首を横に振り、目に涙を浮かべた。「今日は美佳は、お友達と約束してて、もう出かけちゃったのよ。お願い、孝太。お母さんと一緒に行ってよ」

何故、そんなことで母が涙を浮かべているのか、わからなかった。彼は返す言葉を失って、口を閉ざした。

そのころ、深夜になると両親が何事か、言い争っているのを耳にすることが多くなっていた。もれ聞こえてくる会話の端々に、かつて自分が父から紹介された、例の美貌《びぼう》の専属モデルの名前が出てくることにも気づいていた。

中学の時、父からあのモデルを紹介されて以来、ずっと孝太の中には、形を成さない灰色の煙のようなものが消えずに漂っていた。その煙が何だったのか、今こそ、はっきりしたような気がした。

母に付き添う、というよりも、母をガードしなければならない、という義務感のような想いにかられながら、孝太はその日の午後、都心にある父の会社に出向いた。

五階建ての社屋の中庭には、満開の大きな桜の木があった。その周囲に簡易椅子やら簡易テーブルを並べ、父もふくめて大勢の『ドレス』の編集者や関係者が、紙コップを手に賑やかに談笑していた。

中にあかりの姿もあった。白いシャツにジーンズという、飾らぬ装いをしていて、彼女は五年前に会った時と同様、孝太の目にまぶしく映った。

母の視線があかりに向けられたかと思うと、母はすっと孝太から離れ、父のほうに歩いて行った。母を見つけた父の顔に、何か複雑そうな、作ったような白々とした笑みが浮かぶのが見えた。

まもなくあかりが、白い歯をみせて微笑みながら、「こんにちは」と言って、孝太に近づいて来た。優雅な歩き方だった。「孝太君、だったっけ。わあ、ますますお父さんに似てきたのね。お父さんから聞いたけど、来年は大学受験ですって?」

「そうです」と孝太はうなずいた。

あかりはしみじみと目を瞬いて彼を見た。

「大きくなったわ。前に会った時はまだほんの少年だったのに。そのうち、私よりも背が高くなるんでしょうね。あ、そんなことないか。

今でももう、私より背が高いのかもしれない」

孝太は黙っていた。何を言えばいいのかわからなかった。

あかりはゆったりと微笑んだ。「飲み物、何にする？　ただし、未成年にビールやワインは勧められないから、別のものにしてね。ジンジャーエールとコーラがあるけど、どうする？」

孝太が小声で「ジンジャーエール」と答えると、あかりは「わかった」と言って、そばのテーブルからジンジャーエールの壜《びん》を手に取った。

シャツの胸元が少し開いていた。そこに、銀色のハートをかたどったシンプルなペンダントが下がっていた。近くで見ると、顔が小さくて、おそろしいほど背が高かった。

あかりは、ジンジャーエールの栓を抜き、紙コップを彼に差し出した。受け取ろうとしたのだが、あかりを意識するあまり、手元が狂った。紙コップは孝太の手からすべって、地面に転がり落ちた。

慌てて拾い上げようとしたのだが、咄嗟《とっさ》の動きは、孝太よりもあかりのほうが速かった。あかりは身体を大きく前にかがめ、手を伸ばした。

一瞬だが、シャツの隙間から、細い身体には不釣り合いなほどたわわな乳房の谷間が覗いて見えた。下着の色は限りなく白に近い、淡く美しい紫色だった。

あかりが身体を起こすと、すべてが元通りになった。一瞬、孝太の目をよぎったまぼろしは、かき消えた。

「汚れちゃったかもしれないから、新しいのにしてあげるわね」

そう言って、あかりは孝太に別の紙コップを手渡した。

黒い目張りをいれた不思議な目が、まっすぐに正面から彼をとらえた。瞳は黒く、白目の部分は青みがかっていた。吸い込まれていくようだった。

あかりから注がれたジンジャーエールをひと口飲んだとたん、孝太はむせて烈しく咳き込んだ。あかりが「大丈夫?」と笑って聞きながら、彼の顔を覗きこんだ。

あかりとの距離がいっそう縮まった。ふわりと甘いトワレの香りが鼻をくすぐった。

その晩、孝太は自宅の自分のベッドの中で、あかりを思い描きながら、自慰をした。自分の母親よりも年上の女だとわかっていて、こんなふうになってしまうのは異常だ、病的だ、と思ったが、そんなことはどうでもよかった。

一度目の射精は、いつも以上に長く果てしなく続いた。二度目の射精に至る直前には、淫《みだ》らな想像の中で、彼はあかりと交わっていた。思わず吠えるような声をもらしそうになった。

二度の自慰を終えると、少し気持ちが落ち着いた。頭の中が白々と冴えわたった。

父はあかりと何か関係しているに違いない、と彼は思った。愛人、という言葉が浮かんだ。母は以前から、そのことに気づいていたのだろう。ことあるごとに父を責め、だから、夫婦の間で諍《いさか》いが絶えなくなったのだろう、と彼は思った。

たわむれに、父とあかりが裸で抱き合っている光景を想像してみた。自分でも怖くなるほどの興奮が全身を駆け抜けた。

だが、興奮しながらも、同時に強い怒りと軽蔑がわきあがってくるのを感じた。それが父親に対する怒りなのか、あかりに対する軽蔑なのか、どちらがどちらなのか、彼には区別がつかなかった。

孝太は翌年、都内の私立大学に合格した。大学時代の四年間は親元から学校に通った。

父と母との間の諍いは続いていた。台所で野菜を刻みながら、あるいは洗いものをしながら、母は時に、うつむいたまま嗚咽《おえつ》を繰り返した。

子供の前で父は何も言わず、平静を装ったが、母は始終、不機嫌を顔に出した。孝太を相手に、胸の内をぶつけてくることもしばしばあった。

お父さんには以前から好きな女がいて、その女もお父さんのことが好きなのよ、そのことは火を見るよりも明らかなのに、お父さんは絶対に認めないのよ……あかりの名こそ出さなかったが、母は憎しみをこめて、よその女に心奪われている父を罵《ののし》り続けた。

孝太は母のことを心底、憐れに思った。母にそんな思いをさせている父が憎く、疎《うと》ましかった。このままだと、母の心は壊れてしまうかもしれない、と思い、不安にかられることもあった。

だが、一方では、あかりを好きになって手放せずにいる父の気持ちも理解できるような気がした。自分が父の立場であっても、同じようになったかもしれない、と思った。

孝太の夢想の中で、父は常にライバルだった。同時に共犯者であり、時には天敵にもなった。

そんな父と自分との間には、いつだってあかりがいた。そのずっと向こう、影にのまれたようになった場所には母がいて、暗い顔をして自分たちの様子を窺《うかが》っているのだった。

そうした夢想は、彼に性的な昂《たかぶ》りを与えることがあった。それは、壊されていこうとしているものの中心にいる、ミューズに向けた昂りだった。

当時、あかりはすでに離婚していたが、父との間で何があるにせよ、結婚を望んでいる様子は孝太にも見受けられなかった。父もまた、家庭を壊そうとはしていなかった。二人は、愛だの恋だの離婚だの結婚だのと騒ぎたてるような人種ではないように、孝太には思えた。

仕事に忙殺され、めったに家で夕食をとることもなかったが、それでも父は決して無断外泊はしなかった。どれほど遅くなっても……たとえ明け方近くになったとしても、必ず日に一度は家に帰って来て、母の作る食事を口にした。

たまの休日にはどこにも行かなかった。黙って家の中の片づけをしたり、小さな庭におりて、植木鋏を使いながら、木々の剪定をしたり、母の目の届くところで本を読んだり、音楽を聴いたりしていた。そんな日の母は、気持ちが安定するのか、ふだんよりもいくらか機嫌がよかった。

大学時代、孝太は大きな恋愛を二度、経験した。二度とも結果的にはふられた形になったが、恋愛中は相手に夢中になるあまり、親のこともあかりのことも、ほとんど思い出さなかった。

あかりと会うこともなくなった。毎月、父が家に持ってくる『ドレス』の、表紙で微笑んでいるあかりを見るのがせいぜいだった。

それでも、ごくたまに、家に誰もいない時、強い衝動にかられて『ドレス』を開いてみることもあった。巻頭のファッションページで華やいだ服を身につけ、ポーズをとっているあかりをまじまじと見つめた。

そのたびに、心の奥底深くに封印していた何かが蠢《うごめ》くのを感じた。

同時に、自慰がしたくてたまらなくなった。あかりの写真に顔を埋め、自分の股間のものを握りしめたくなった。

だが、そんな状態もたいして長続きはしなかった。大きく深呼吸をひとつすればその種の欲望には、手早くシャッターをおろすことができた。

孝太にとっては、現実の女を追いかけるほうがよほど楽しかった。あかりはあくまでも、遠い夢の中の、年齢すら見えなくなっている、異世界の女でしかなかった。

大学を卒業後、孝太は広告代理店に就職した。それを機に家を出て独り暮らしを始めてからは、たまにしか自宅に戻らなくなったが、戻るたびに会う両親は、関係が少しずつ安定し、穏やかになっているように感じられた。一時期、やつれ果て、魔女を連想させるほど尖っていた母の顔も丸みを帯びてきた。以前のような無邪気な笑い声も聞かれるようになった。

そのうち、妹の美佳も大学を卒業し、独り暮らしをするために家を出ていった。両親がどんな状態にあるのか、妹から詳しく様子を聞くこともなくなった。そのまま時が流れた。

孝太が二十八になった年、『ドレス』が廃刊になった。雑誌の売れ行きが鈍り、広告収入も激減したのが、廃刊の大きな理由だった。

その翌年、父は定年を迎えた。父の半生は雑誌『ドレス』に捧げられていたも同然だった。

定年を迎えた仁一郎さんを激励するために、私が個人的にささやかな宴《うたげ》を開きます、ぜひ出席してくださいという、ワープロで印刷された案内状があかりから送られてきたのは、それから二ヵ月ほどたってからだった。

あかりには、独り暮らしをしているワンルームマンションの連絡先を教えてあった。年賀状リストに入れておいたからだが、毎年判で押したように「今年もよろしくお願いします」と一筆したためるたびに、孝太はあかりを思い出した。あかりを思い描きながら自慰を繰り返していた、かつての自分を思い出した。

あかりからも欠かさず年賀状が送られてきた。干支《えと》が印刷された美しいデザインの賀状には、太い万年筆を使った威勢のいい文字で、「孝太君の幸福を蔭《かげ》ながらお祈りしています！」と書かれていた。

「蔭ながら」というひと言が意味ありげなものに感じられた。

両親はそのころには、すっかり元通りになっていた。少なくとも孝太の目にはそう映った。

母も苦しんだかもしれないが、父は家庭を壊さなかった。あかりも分を守った。あかりと父は、結局のところ、あるべき形で大人の関係を持続させ、やがて友情に似たものに変えていくことに成功したのだろう。そう思うと、二人の分別と静かな愛情が、孝太には好もしく感じられた。

どきどきしながら、案内状に記されてあったあかりの自宅の電話番号に電話をかけた。すぐにあかりが出てきて、「わあ、孝太君だ」と歓声をあげた。

声もしゃべり方も、何ひとつ変わっていなかった。明るくざっくばらんなのに、相手を思いやる優しさにあふれていた。孝太の気持ちははずんだ。

思いがけず、一時間近くにも及ぶ長電話になった。孝太は自分のことを話し、会社での仕事について話し、あかりは孝太の話を熱心に聞いては、親しみをこめた冗談を返し、笑い声をあげ、あげく、「孝太君に会いたい」と言った。「お父さんを励ます会には、来てくれるでしょう?」

「行きたいです。でも、他には誰が来るんですか」

「何言ってるの。私が案内状をだしたのは、お父さんとあなたの二人だけよ」

「ほんとですか」

「だって、お父さんを励ますのに必要なのは、孝太君じゃないの」

「でも」と孝太は言った。「おやじはあかりさんと二人きりで会いたいんじゃないですか。僕なんか邪魔者扱いですよ」

言いにくかったことをさらりと口にできたのが奇跡のように思えた。

「私は仁さんだけじゃなくて、孝太君にも会いたいし、孝太君に仁さんを励ましてもらいたいのよ」

あかりは、自分の中を流れていった時間の背景にあったことなど、一切忘れてしまったかのように、あっさりとそう言った。「仁さん」とあかりが言うたびに、何かとてつもなく艶めいたものが孝太の耳をくすぐった。

「仁さんだって、息子さんである孝太君に励まされたら、嬉しいはずだし」

はい、と孝太は言った。「そうかもしれませんけど」

「けど、何？」

「いえ、別に」

ふっ、とあかりは息をもらしながら静かに笑った。「何が言いたいか、よくわかるけど、そんなこと、あなたが気づかう必要、全然ないのよ。……でしょ？」

あかりの家は郊外の、静かな住宅地のはずれにあった。もともと古民家だったという家には、過ぎ去った時間が乾いた埃のようになって堆積《たいせき》していた。

ここで父とあかりは密会を重ねてきたのだ、と孝太は思った。何年も何年も、数えきれないほど長い時間、父とあかりは密かに会い続け、愛し合い、烈しい思慕の念が落ち着いた友情に変わっていくのを感じ合っていたのだ。そう思うと、かすかな嫉妬《しっと》を覚えた。

招かれた当日、その家で、孝太は父と共に、あかりの温かなもてなしを受けた。父は息子が事情を知っている、ということを受け入れているようで、一切、ひと言も、あかりと自分との関係については触れようとしなかったし、孝太も余計なことは言わなかった。

ビールが注がれ、シャンパンが抜かれ、ワインが抜かれた。テーブルには、あかり手製の家庭料理の数々が、おしつけがましくない程度に並べられた。

「仁さん、仁さん」とあかりは父に向かって、親しげに呼びかけた。

「そうやって親子で並んでいると、双子みたいに似てるわね」と言って笑った。

孝太は父とあかりを並ばせ、インスタントカメラで記念写真を撮ってやった。父もあかりも、互いに触れ合おうとしなかったので、彼は「もっと寄り添って」と言った。「何、気取ってんだよ、おやじ。あかりさんの肩に手をまわして」

「ばか」と父は怒ったように言った。顔が赤くなった。怒りのためか、照れのためか、収拾のつかなくなった感情のためにそうなっているのか、わからなかった。

あかりのほうから、父の腕に手がまわされた。そんな二人の姿をファインダーの中に眺めながら、孝太は夢中でシャッターを切った。

じゃあ、次は親子の写真を撮ってあげる、とあかりが言い、孝太と父親を並ばせた。最後に父が、孝太とあかりにカメラを向けた。

それはおざなりの、ただのお愛想のようなもので、この場合、順序としてそうしなければならないからしているだけ、という憮然とした表情が父の顔に浮かんでいたが、あかりは一人、はしゃいでいた。若い男性と一緒に写真を撮ってもらうなんて、久しぶり、などと冗談を言った。

ハイヒールをはいていないあかりは、並んで立つと、孝太よりもほんの少し、背が低かった。あかりは父よりも長身だったし、今も自分よりも背丈があるのではないか、と思っていたので、孝太にとってそれは意外だった。

父がシャッターを切って、カメラをテーブルに戻すと、あかりはふざけて孝太の頭をぐしゃぐしゃと撫でまわした。「昔はちっちゃかったのよ、孝太君は。こんなに大きくなっちゃって」

「まるで親戚のおばさんみたいなことを言うんだね」と父が言って笑った。

「だって、私、親戚のおばさんみたいなもんじゃないの」と言い、あかりも笑った。

黒いアイラインで太く囲まれた目が、孝太に向けられた。ぞくりとしたものが孝太の中を駆け抜けた。

宴が終わり、帰りの車を呼んでもらった時、トイレから出てきた孝太は、古い家の、電気を消した暗い台所の片隅で、父が立ったままそっと、あかりを抱き寄せているのを見た。二人は一つの影になっていた。

外には月が出ていて、庭のそちこちで虫が啼《な》いていた。あかりの、むせび泣くようなため息が孝太の耳に届いた。

孝太はそっとその場から離れた。心臓が狂ったような鼓動を繰り返していて、その音に虫の音がリズムをとるように重なった。

烈しい怒りに似たものが胸の奥で渦をまいたが、よく考えてみればそれは怒りではなく、切なさだった。わけもなく切なくなって、孝太は帰路、黙りこくった。

父はタクシーの窓越しに夜空を見上げ、満月だな、と言っただけだった。

孝太が職場の二つ年下の女の子と礼儀正しい恋愛をし、結婚したのは三十二歳の時だった。翌年、娘が生まれた。

結婚した時も、妻が出産した時も、あかりからは、彼女が選んだ心づくしの祝いの品が送られてきた。母の手前、あかりを結婚披露宴に招待できなかったことが孝太には残念に思われた。

祝いを贈られた御礼かたがた、孝太はあかりを誘い出し、食事を共にした。それからしばらくして、次にあかりのほうから誘われ、さらにその次は、また孝太のほうから誘って、いつのまにか、三月と空けずに会うようになった。

とはいえ、いつも二人きり、というわけではなかった。『ドレス』

時代の、あかりの仲間が大勢一緒になることも多かった。あかりのデザイン会社のスタッフが、友人知人を連れて同席することもあった。どんな時でも、あかりはよく食べ、よく飲み、よく笑い、よくしゃべった。人生の悲しい記憶などかけらもないような面差しで、周囲を笑わせ、自分も笑った。

会うたびに、孝太はあかりに惹《ひ》かれていった。惹かれながらも、この気持ちは決して、一生、誰にも明かしてはならない、と密かに心に決めた。

年齢差のことを言われて馬鹿にされるからではなかった。そんなことはどうでもいいことだった。

彼は傷つきたくなかった。結婚するまで繰り返してきたどんな恋愛においても、多かれ少なかれ、女から傷つけられてきた。だが、相手があかりであれば、それどころではすまない傷つき方をするだろう、ということが彼にはわかっていた。

あかりには指一本触れたことがない。触れるつもりはなかった。決して触れてはならない、と自分に言いきかせてきた。触れたら最後、取り返しがつかなくなることだけはわかっていた。

むしょうにあかりに触れたくてたまらなくなると、孝太は家に戻り、がむしゃらに妻を抱いた。昔、若かったころ、あかりを思って自慰をした時のように、妻の中で烈しく果てた。

誰か好きな人がいるの？　とある時、妻に聞かれた。どきりとしながらも、いないよ、と彼は答えた。

嘘、と妻は彼をにらみつけた。般若《はんにゃ》の面のような顔になっていた。いないよ、と彼は繰り返した。「何を馬鹿なこと言ってるんだよ」その話を二度と、妻は持ち出さなかった。持ち出さないまま、娘を連れて実家に戻ったきり、連絡がとれなくなった。

離婚が成立したのは、一年後だった。両親には詳しいいきさつを教えなかった。ただ、うまくいかなくなったから別れた、ということだけを報告した。

母は悲嘆にくれ、心配し、初めてできた孫の今後を案じて涙したが、父は「そうか」と言っただけだった。

すべてが片づいてから、孝太はあかりを呼び出し、ことの次第を打ち明けた。

「かわいそうに」とあかりは言った。「彼女は、ずっと被害妄想にかられてたのね。孝太君、好きな人なんて、いなかったんでしょう？」しばしの沈黙のあと、「いえ」と彼は言った。「いました」我知らず、長い吐息がもれた。後の言葉が続かなくなった。いたずらっぽい笑顔でからかってくるものとばかり思っていたのに、あかりはその時、何も言わなかった。ただ黙って目の前の、湯で割った麦焼酎をすいと、音をたてずに飲んだだけだった。

あかりはまだ、落花生を食べ続けている。何かに憑《つ》かれて、そうしているだけのようにも見える。ぱり、と殻が割れる。中の豆の薄皮をむき、あかりはそれを口に入れる。

ふた月ほど前、父の仁一郎が他界した。享年七十一歳。肺にできた悪性腫瘍《しゅよう》が急激に増殖するのに、一年もかからなかった。

母の手前、あかりが父の見舞いに行くことは断じて許されなかった。父がかろうじて元気でいられた間は、携帯を使ってやりとりしていたようだが、そのうち、それもままならなくなった。

父の衰えが目立ち始めてから、孝太はあかりに、逐一《ちくいち》、父の容体を報告し続けた。

あかりは一喜一憂し、時に涙声にもなったが、いよいよ父が危なくなると、覚悟を決めたのか、一切、取り乱すことはなくなった。父が息を引き取った、ということを孝太が連絡した時も、あかりは冷静だった。

「最後まで私にこうやって知らせてくれて、ありがとう」とあかりは静かな落ちついた言い方で言った。「孝太君には心から御礼を言います」

言葉に詰まって何も言えなくなった孝太に、あかりは「大丈夫よね」と低く訊ねた。「もう立派な大人なんだから、大丈夫よね。お母さんを支えてあげられるわよね」

そんな、と孝太は震える声で言い返した。声の中には自分でも驚くほど、怒気がふくまれていた。「子供相手に言うようなこと、言わないでください」

わずかの沈黙の後、あかりは「そうね」と言った。「そうだったわね。ごめんなさい」

言いかけた言葉が出てこなくなった。孝太が言葉を探していると、あかりは「じゃあ、これで」と言った。「失礼します。お通夜にも告別式にも行けないけれど、蔭ながらお父様のご冥福《めいふく》をお祈りしていますす」

電話は切られた。ふいに哀しみが襲ってきた。携帯電話を握りしめたまま、孝太は呆然と虚空《こくう》を見つめた。

その時の自分が思い出された。胸が詰まった。

孝太はあかりに向かって、そっと声をかけた。「そんなに食べたら、腹をこわしますよ」

あかりは孝太のほうを見ないまま、うすく微笑んだ。「平気よ」

「食べ過ぎると鼻血が出る」

「鼻血なんか出ないわよ、子供じゃないんだから」とあかりは言った。「あなたも食べたら？」

「僕はいいです」

「ビール、飲みたいなら、冷蔵庫に入ってるわ。コーヒーがよければ、自分でいれて」

「いえ、いりません」

そう、とあかりは言い、落花生の盛られた木鉢《きばち》に力なく目を落した。

父の四十九日が終わったら、報告かたがた、あかりに会いに行こうと思っていた。あかりがどうしているか、心配だったし、なによりもあかりに会いたい、と孝太は思っていた。

あかりの携帯に連絡すると、以前と何も変わらない言い方で「いらっしゃいよ」とあかりは言った。

仁さんのために喪に服すつもりで、しばらくの間、仕事を減らして、自宅で過ごすことにしたの、と言い、あかりは「だからいつでも来ていいのよ。遠慮しないで」とつけ加えた。

約束した日は、朝から雨が降っていた。電車とバスを乗り継いで、孝太はあかりの家を訪ねた。父の葬儀や四十九日法要の時の話、それ以前に遡《さかのぼ》り、父が息を引き取った時の様子などを詳しく伝えようと思っていたのだが、あかりの顔を見たとたん、何も言えなくなった。

古い家の、懐かしいような匂いがたちこめる中、雨の音に包まれて、あかりは落花生を食べ続けている。自分はただ、それを眺めている。

それだけで、もう、他のことは一切何も、できなくなっている。

外はいっそう薄暗くなった。ぱり、と落花生の殻をつぶす音がする。薄皮をむいた豆が、あかりの口の中で砕《くだ》かれ、のみこまれていく。落花生をむき続けていた手が、やがて、はたと止まった。あかりの向こうに、雨に煙るガラス窓が見えていた。

あかりの目から、大粒の涙がこぼれ落ちた。それは、積み上げられた落花生の殻の上で、ぼとり、という音をたてた。

「おばあさんになっちゃった」とあかりは言った。胸の奥底から絞り出すような声だった。「仁さんもいなくなって……誰もいなくなって……私はもう、本当のおばあさんになっちゃった」

「違う」と孝太は言った。「あかりさんはまだまだ、おばあさんにはならない。なるわけがない。それに、それに、誰もいないなんて……それは絶対に違う」

僕がいる、と言いたかった。だが、言えなかった。それは、世界で一番馬鹿げたセリフのように思えた。

あかりに向かって、そういうことを口にできる男がいたとしたら、死んだほうがましなほど鈍感な男か、世界を敵にまわすことを覚悟できるほど強靭《きょうじん》な男でなければいけない、とも思った。

「抱きしめてよ」とあかりは呻《うめ》くようにして言った。「何で、さっきからずっとそこで、黙ったまんま、じっとしてるのよ。こういう時、男は女を抱きしめてくれるものよ。四十にもなって、結婚離婚も経験したってていうのに、なんでそんな簡単なことがわかんないのよ。私がおばあさんだからって、馬鹿にしないでよ」

声は震え、かすれ、やがて嗚咽に変わった。あかりはくちびるを烈しく震わせ、突発的な怒りにかられたように、目の前の、落花生の盛られた鉢を勢いよく押しやった。木鉢がテーブルから床に落ちて転がった。あたりに落花生の匂いがたちこめた。

心臓が烈しく打ち続けていた。顔を歪め、小娘のようにしゃくり上げているあかりに向かって、孝太はおずおずと手を伸ばした。伸ばした手があかりの肩に届き、それを抱き寄せ、抱きしめ、その頭、その頬、その背をやさしく撫でるまでに、一万光年もかかりそうな気がした。

そして今、あかりは孝太の腕にすがり、全身を震わせて泣きくずれている。孝太は彼女を力強く抱きしめ、背をさすり、震えながらも頬ずりを繰り返している。

孝太の耳にはもう、雨の音も届かなくなっている。

修羅のあとさき

『最愛の行雄《ゆきお》さんへ。

こちらはもう、すっかり秋です。気温はどんどん下がっていて、紅葉も最終段階。家のまわりには、赤や黄色の落ち葉がカーペットみたいに敷きつめられています。

さっき、自宅のバルコニーに出てみたら、満天の星でした。少し風があるせいなのか、星までが風に揺れているようにチカチカと瞬いて見えて、それが泣きたくなるほどきれいでした。

寒いので、カシミヤの大きな薔薇《ばら》色のショール（最近の私のお気に入りなのよ！）にくるまりながら、じっと星を眺めていたら、頭の中が行雄さんのことでいっぱいになってしまいました。行雄さんとおしゃべりがしたくてたまらなくなって、私は今、寝室の小さな暖炉のそばのライティングデスクに向かい、行雄さんに手紙を書き始めています。

デスクの上に用意した今夜の飲み物は、ココア。ほんの少し、お酒をいただいてもいいのだけど（行雄さんがいつも私のために注文してくれた、甘いカシスのリキュールとかね！）今夜はやめておきます。行雄さんも知っての通り、私はお酒にはあんまり強くないでしょう？

行雄さんに手紙を書いているうちに、眠くなってしまったらいやですもの。

行雄さんは相変わらず忙しそうね。お仕事、どんなに大変なのかしら、身体をこわさなければいいけど、といつも心配しています。本当のことを言うと、会えないのはちょっぴりさびしいの。でも、私のことを想いながら、一生けんめい、働いてくれている恋人に無理を言ってはいけない、ということはよくわかっています。

私がわがままを言うような人間ではないことは、行雄さんがよく知っていますよね。行雄さんが私なしでは生きられない、ということを私が知っているのと同じように。

どんなに離れていても、会えない日が続いても、私たちはいつも一つにつながっているのです。私も行雄さんのことが大好きよ。こんなに愛した人はひとりもいません。行雄さんは私にとって、一生でただひとりの人。私たちは地球がほろんでも一心同体。それだけは忘れないでね。

それにしても、私は本当に幸せな女だとつくづく思います。足りないものなんか、何もないんですもの。充《み》たされすぎていて、罰があたるんじゃないかしら、と思うほどです。

母とは相変わらず仲よくしています。お友達同士みたいに。母は今も若々しいし、とっても元気でいます。母とデパートにお買い物に行っては、新しいお洋服をたくさん買ってきて、家で取り替えっこしながらファッションショーをしたりもするの。可笑《おか》しいでしょう？　母とは洋服の趣味も同じなんです。だからそれぞれが別々にほしいものを買ってくれれば、二倍に楽しめるの。

そりゃあ、決してお城みたいに大きな家ではないけれど、この家には３６０度パノラマのように一日中、空を見渡すことのできる素敵なバルコニーもあるし、一つ一つのお部屋には、私と母のお気に入りの家具ばかりそろえてるし、優しい明かりを灯してくれる小さな銀の燭《しょく》台《だい》も、レースの敷物も、ゴブラン織のクッションも、ガラスの花瓶の一つ一つも、全部、大好き！　とっても居心地がいいの。

母の学生時代のお友達に、パリに長く住んでいる女の人がいるっていう話、以前、行雄さんにもしましたよね？　フランス人と結婚してパリに長く住んでいる方。その方から私の誕生日にいただいた、エミール・ガレのランプが、目下のところ、私の一番の自慢なの。

とても高価なものだけど、その方はお金持ちでそういうものをたくさん持っているんですって。苑子《そのこ》さんに特別にさしあげるわ、って、わざわざ送ってくださったんです。

ランプは、リビングルームのソファーの横のサイドテーブルに載せてあります。夜、お部屋の明かりを全部消して、そのランプの灯だけをともして、母と一緒にモーツァルトを聴くの。

お部屋の中にはいつも、私の好きな薔薇の香りがたちこめています。

薔薇は欠かしたことがありません。駅のそばの花屋さんから、週に一度、まとめて届けてもらっているのよ。初夏の薔薇はもちろん、秋の薔薇も本当に素敵。家のあちこちに花瓶や壺を置いて、たくさんの薔薇を活けます。だから一年中、私のこの家には薔薇の香りが漂っているのです。

モーツアルトを聴きながら、うっとりする時間が流れていって、いつのまにかうたた寝を始めている母に毛布をかけてあげる時、私はいつも、もうすぐ行雄さんとこの家で、母と三人で暮らすことになるのだ、ということを思い出し、その幸せをかみしめます。

その日がくることを考えて、ずいぶん前から、食器はいつも三客ずつそろえています。お皿も小鉢もお箸もグラスも、みんな三つずつ。お客様用のものはいらない。だって私、行雄さん以外の人とは会いたくないもの。私たちの家には、お客様はお呼びしないでおきましょうね。

寒がりの行雄さんのために、小さな暖炉のあるこの部屋を私たちの寝室にします。私たちのベッドは天蓋《てんがい》つきの大きなものです。早く見せたい。天蓋にはね、薔薇色のうすい、天使の羽みたいなレースが下がっていて、それはそれはきれいなのよ。私たちがこれから死ぬまで、数えきれないほどたくさんの夜を過ごすためのベッドです。

やわらかな羽布団も枕も、薔薇色のものにそろえました。眠りにつくときは、そこにほんの数滴、ローズコロンをふりかけましょう。薔薇の香りに包まれながら、私たちは朝までぐっすり、抱き合って眠るのよ。楽しみにしていてね。

お酒の好きな行雄さんのために、寝室の片隅に小さなバーカウンターでも作りましょうか。地元の大工さんに頼めば、すぐに作ってくれるはず。

　ついでに甘いものが好きな私のために、そのカウンターにはお菓子を入れるボックスを置いてもかまわないでしょう？　銀紙に包まれた小さなハート形のチョコレートとか、菫《すみれ》の花びらにお砂糖をまぶしたお菓子とか、苺《いちご》味のするボンボンとか、いつもその箱の中に入れておいて、私は行雄さんがお酒を飲んでいるかたわらで、行雄さんに寄り添いながら甘いものをいただくのです。

　私ね、行雄さんと一緒に暮らす時のために、毎日、もっともっと美しくなろうと努力しているのよ。行雄さんは、私のことを世界一の美人だといつもほめてくれているけど、私は行雄さんのために、永遠の美しさを保っていこうと決めているの。

でも、あんまり美人になりすぎると、街に出られなくなるから困りものね。この間もね、私一人で街に出てお買い物していたら、若い男の人が近づいて来て、話しかけられました。「今、何時ですか」って。古い手口だということはわかりきっていましたが、一応、礼儀なので私は自分の腕時計を見てから「一時半です」と答えたの。その人は私のことをすごくいやらしい目で見て、なんだが興奮したみたいに鼻息を荒くして、「よかったら、これから僕とお茶を飲みに行きませんか」って。

私は即座に「そういうことはしませんので」ってきっぱりお断りしたわ。「私には婚約者がいますから」って。

そしたらね、その人、じっと私を見つめながら、「またどこかで会ったら、同じようにお誘いします。覚えておいてください。あなたみたいに素敵な人は、一度会ったら忘れられない」と言ったんです。

そこまでほめてくれるのは嬉しいけれど、少し不気味でした。（こういう話、行雄さんには不愉快かもしれません。でも、私は正直になんでも打ち明けておきたいの）

それ以来、私は街に出るのが少し怖い。行雄さんのために美しくしているのに、他の男の人が寄ってくるなんて、とんでもないわ。気持ちが悪いのひと言です。だから私は、必要のない時に街に出ないようにしているし、街に行く時はいつも母と行きます。母と一緒だと、さすがにそういうことは起こりませんから。

大丈夫よ、行雄さん。私を信じていてね。私は行雄さん以外の男の人とは、口をきくのもいや。行雄さん以外の男の人は、みんな不潔です。

ああ、こうやって行雄さんとおしゃべりしていると、本当に会いたくてたまらなくなる。行雄さんも同じでしょう？　行雄さんが私のことを想って、毎日、胸を熱くさせていることはよくわかっています。私たちほど深く愛し合っている恋人同士は、世界にどのくらいいるかしら。私たちだけかもしれません。

さあ、行雄さん、そろそろ休みましょうか。風もやんだみたい。お布団や羽枕にローズコロンをふりかけて、私は今日も天蓋つきのベッドで行雄さんのことを想いながら幸福な眠りにつきます。

おやすみなさい、行雄さん。心の底から愛しています。

晴れてはいるが、空気の冷たい秋の日の午後だった。

駅に降り立つと、全身がひんやりと乾いた風に包まれた。森川《もりかわ》行雄は、手にしていた薄手のコートに袖を通し、あたりを見回した。

北関東の、県庁所在地のある街から鉄道を使って約三十分。二階建ての駅舎は小ぶりだが、最近になって建て替えられたらしく、真新しかった。壁には、近隣の温泉宿や酒造メーカー、菓子などの広告ポスターが所狭しと貼られてある。

駅の向こうにはいくつか、あまり背の高くないビルが建ち並んでいる。午後の淡い陽射しが、乗降客の少ないプラットホームに射し込んでいる。

ついに来てしまった、と行雄は思い、胃のあたりに尖った緊張が走るのを覚えた。できるものなら一生、訪れたくない街だった。だが、逃げ続けることは許されないし、そのつもりもなかった。

覚悟を決めて来た以上は、多くを考えず、できるだけ早くすませてしまうべきだった。これは「用件」ではなく、「義務」だった。行雄は背筋をのばし、深く息を吸った。

階段下にある改札口付近に、人影はまばらだった。小さな売店と、それに隣接する立ち食い蕎麦《そば》屋があった。立ち食い蕎麦屋では頭髪に白いものが混ざった中年の男が一人、一心不乱に蕎麦をすっていた。蕎麦つゆの香りが漂ってきて、ここしばらく減退していた食欲が久し振りに刺激された。日帰り出張が入った、と妻に偽り、いつもよりもかなり早く家を出て来た。朝からろくなものを食べていない。

よほど、蕎麦を食べてから行こうかと思ったが、行雄はすぐさま、その思いつきを羞《は》じた。行くと決めたのだから、ぐずぐずせずに行くべきだった。今更、引き延ばしたところで何の意味もない。

重たい十字架を背負ってしまった、という現実をなるべく考えまいとし、そればかりか非情にも忘れようと努めてきた。実際、忘れてしまえることとさえあった。

しかし、どう逃げようとも、問題はいつまでたっても解決されない。

しばらく音沙汰がなくなり、ほっとして、これでやっと解放された、と思ったとたん、会社宛てにべたべたと愛を綴った厚い封書が送りつけられてくる。過去の亡霊は消えることがないのだった。

もとはと言えば、すべて彼の責任で起こったことである。今更、言い訳はきかず、かといって謝り続けてすむ問題でもないことは、彼自身、よく承知していた。だが、そうわかっていながら、一方では、本当に俺のせいなのか、不可抗力でこうなったにすぎないのではないか、俺が何をしたというのだ、俺が責任を感じる必要など、さらさらないのではないか、とも思うのだった。

今日の午後、訪ねて行くことは、苑子の母親である宇部静江《うべしずえ》にあらかじめ手紙で伝えてある。電話をかけたほうがよかったのかもしれないが、万一、電話口に苑子が出てきたら、と思うと恐ろしかった。

彼の知る限り、苑子は電話をかけたり、かかってきた電話を受けたりすることができないはずだが、今もそうなのかどうかはわからない。あれから長い歳月が過ぎた。送られてくる手紙の様子では健康状態に問題はなさそうだし、電話に出ることくらい、できるようになっているのかもしれなかったが、そうであればなおさら、宇部の家の電話を鳴らすことはできそうになかった。

苑子が手紙を開封する可能性もあったから、差し出し人名は書かずにおいた。宛て名も手書きにはせず、パソコンで打ってプリントアウトしたものを貼り付け、封筒も事務用のそっけないものを使った。

静江からの返事はなかった。手紙に記した行雄の携帯電話に、電話もかかってこなかった。

今更ながらの行雄の訪問を拒絶するのであれば、静江は「来ないでほしい。来てもらう、金輪際《こんりんざい》、苑子と会わせるつもりはない」と言ってくるはずだった。静江はその点、何事においてもはっきりと意思表示してくる女だった。

かつて、「苑子に一度、会いに来てやってほしい。このままでは娘が哀れでならない」と懇願してきた時も、静江の口調は終始、決然としていた。思わせぶりな点はひとつもなかった。

一度でいい、優しい気持ちで会ってやってもらえれば、母親として気持ちの整理がつく、後のことは私が引き受けるし、あなたが感じているであろう罪悪感も、それで立ち消えにしてあげられる、と静江は言った。そこに嘘はなさそうだった。

それなのに行雄は、のらりくらりしながら、言い訳を百も二百も並べ、逃げ、会いに行くことを拒み続けた。そのうち、静江からの連絡も途絶えた。

しかし、何の返事もなかったところをみると、手紙は確実に静江の手にわたっていて、今日という日に、行雄が苑子を訪ねて行くことを承知している、とみてよさそうだった。

駅舎の前は広場になっており、その一角にタクシー乗り場があった。水色の車体のタクシーが一台、客待ちをしていた。

運転手は眠そうな顔をしながら、スポーツ紙を読んでいた。行雄は車体のそばまで行き、窓ガラスを軽くノックした。運転手は慌てたようにスポーツ紙を助手席に放り出し、自動ドアを開けた。

後部座席に腰をすべらせながら、頭にたたきこんでおいた苑子の住所を運転手に告げた。色あせた白い制帽をかぶった初老の運転手はそれを復唱してから、バックミラー越しに彼を見た。

「それだと、けっこう奥まったところになりますかね」

「そうなんですか？」

「公園の裏んとこの道を奥にずっと、山沿いに入ってってったとこじゃないですか？」

「いやあ、そう言われても。なにしろ初めて行く場所なもんで」

「ああ、初めてでしたか。公園が目印だとすると、確かなんですけど」

「ちょっと僕にも……」

運転手はその公園の名を口にした。行雄にわかるはずもなかった。

「じゃあ、とりあえず行ってみますかね」

「宇部さん、っていうお宅なんです」と行雄は内心、早く発進してくれないかと、急《せ》くような思いにかられつつ言った。

苑子からたびたび送られてくる手紙の内容が事実だとしたら、買い物などのために、駅前まで出て来ることもあるようだった。誇張がないのであれば、暮らしぶりも悪くなさそうだったから、帰りにはタクシーを使うこともあったかもしれない。だとすれば、駅前で客待ちしているタクシー運転手が、何度か苑子や静江を乗せた可能性はある。

「宇部さん……ねえ」

「苗字を言われてもわからないかな」

「宇部、宇部……あっ、そうか。あれか。もしかして、お母さんと娘さんが、親子で一緒に暮らしてるうちですかね」

「そうです、そうです、そのうちです」と行雄はほっとして言った。

「ご存じでしたか」

「よく知ってる、ってほどじゃないですけどね、あのあたりには家は建ってても、常住してるのはあの親子しかいないからね」

「……ってことは、そのあたりは別荘地か何か？」

「昔はね、そう呼ばれてた時代もありましたよ。今は東京から来る客が別荘として使ってる家が、ほんの少し残ってるだけでね。と言ったって、別荘客もめったに来なくなりましたよ。ここらも寂《さび》れる一方ですから。なんせ、不景気だからねえ」

「ともかく」と行雄は言い、腰をずらしてシートに深くもたれた。

運転手と世間話をする気はなかった。「よかったです。迷わずに行ってもらえそうだ」

「あのうちだったかね。そうかね」

運転手は低くそうつぶやくと、車を発進させた。紅葉を終えたプラタナスの木から、乾いた大きな枯れ葉が数枚、タクシーのフロントガラスに舞い落ち、音もなく路肩の向こうに消えていった。

行雄が苑子と出会ったのは二十二年前、彼が二十八歳、苑子が三十歳になる年のことだった。当時、二人は共に、都内にある大手繊維メーカーの社員だった。

配属されていたのはそれぞれ異なる部署だったが、フロアーが同じだったことと、苑子がしょっちゅうコピーをとりに来る場所が、行雄の席の近くだったことから、親しく話をするようになった。

苑子が自分よりも二つ年上であることは、初めから気にならなかった。むしろ行雄は苑子の、三十歳とは思えない、少女を思わせるあどけない表情に急速に惹かれていった。それは、愛らしいが、なかなか人を信用しない野生の小動物を連想させた。

信用していないくせに、無垢《むく》な目をしてそろりそろりと近づいてくる。指をなめるのではないか、とさえ思わせる。それなのに、こちらが手をのばすと、さっと身を翻《ひるがえ》す……。

隠そうとしているようだが、いつだって感情が淡い煙のようになって表情に残された。涙ぐんだり笑ったり、殻にとじこもったり、と甚《はなは》だ扱いづらい。だが、それもふくめて、行雄には愛らしく思われた。彼女が見せるそうした繊細さは、高校、大学を通して水泳部に所属し、日常つきあう相手は運動部特有のむさくるしい男ばかり、家に帰ればやんちゃで大食らいの弟が二人、という環境の中で育った行雄の目に、きわめて新鮮に映ったのだった。

学生時代に行雄が交際していたのは、同じ大学の同級生で、浅草生まれの聡美《さとみ》という女だった。聡美は明るくて気取りがなかった。何事においても正直で積極的。好きという感情は隠さず、人間関係の妙な小細工や心理ゲームをことごとく嫌い、まっすぐに向かってくる。その分だけ、怒られたり、諭《さと》されたりすることも多かったが、同年齢だというのに頼りがいがある姐御肌《あねごはだ》のところがあるのも、行雄にとってはつきあいやすかった。

浅草で代々、和装小物店を営んでいる聡美の実家に招かれれば、聡美の親兄弟たちに歓待され、あれもこれも、とたらふく家庭料理をふるまわれて、いい気分を味わった。卒業したら結婚しよう、という口約束も交わしており、聡美の両親は早くも行雄を娘婿として扱ってくる始末であった。

だが、大学を卒業してまもなく、行雄は神妙な顔をした聡美から、別れてほしい、と告げられた。聡美が就職した中規模の広告代理店で、二つ年上の男から熱心に求愛され、自分も心を動かされてしまった、という話だった。

その正直すぎる告白に呆れ、さびしさと悔しさに似たものは生まれたものの、衝撃は思っていたほど大きくはなかった。もとより聡美とは、ロマンティックな関係にあったわけではなかった。情熱の限りを尽くした、という記憶もない。ウマが合ったのか、交際当初から親しくなりすぎて、恋愛感情はたちまち、肉親にも似た安心感に変わってしまっていた。

就職して見るもの聞くものが新しくなっていたことも、行雄にとっては幸いした。さしたる喪失感に悩まされることもなく、彼は聡美との別れを受け入れた。

その後の彼の女性とのかかわり方は、健康な若い男としては至極まっとうなものと言えた。友人に紹介されたり、酒の席で知り合ったりした若い女と、束の間の関係を結ぶこともあった。それらの女たちに、ごく短い期間、恋愛に似た感情を抱くこともないではなかった。

だが、どんな関係にあった女も、時間が過ぎると、まるで決められていたかのように、彼の前から泡のごとく消えていった。行雄は追わなかった。追いたくなるような女、忘れられなくなるような女は一人もいなかった。

そんな行雄の前に、何の前ぶれもなく現れて、幸雄の気持ちをつかんだのが宇部苑子だったのである。

自分が苑子に恋をしている、と気づいた時、行雄は有頂天になった。とりたてて清楚な女が好き、というわけではなかったが、苑子が漂わせる気品ある愛らしさは、間違いなく、行雄がこれまで接した経験のない種類のものであった。

聡美は行雄をリードしたがったが、苑子は自分よりも年下の行雄に頼ろうとしてきた。また、何事においても行雄の意見を尊重し、行雄のやることを褒《ほ》め讃《たた》えるので、そのたびに、行雄の自尊心はくすぐられた。何より、すぐに深い関係になりたがらないところにも、もの珍しさと清潔感を覚えた。

ほっそりとして背の高い、美しい女だった。目の大きな、整った顔だちをしており、化粧はうすかった。服装にも派手さはなく、あくまでも控えめだったが、それでいて、ふとした加減で覗く胸の谷間や、本人も気づいていないであろう腰まわりの線がエロティックで、それらは行雄のひそかな欲望を刺激してやまなかった。

時折、表情に神経質そうな翳《かげ》りが差すのが気になったが、笑顔は輝くばかりに愛らしかった。邪気のない、女子高校生のように見えることもあった。

退社後、食事を共にし、静かなバーに飲みに行き、母親と二人暮らしをしているという川崎のマンションまで送って行くのが習慣になった。休日にマンションを訪ねれば、母親の静江に歓待されて、そのたびに茶菓や手料理をふるまわれた。母子の住まいである2LDKのマンションは平凡な間取り、平凡な造りだったが、いつ行っても美しく片づけられていた。

苑子の父親は、苑子が高校生の時に病死していた。素封家の息子だったとのことで、苑子と静江には充分な財産が遺された。母子はその蓄えを少しずつ切り崩しながら、慎ましく穏やかに生活している様子だった。

母子の暮らすマンションの隣には、古くからの地主が所有している小さな雑木林と空き地があった。行雄は何度目かのデートの後、苑子を送って行き、タクシーを降りてから、マンションのエントランスには向かわずに、苑子を誘ってその雑木林まで行った。

苑子は黙ってついて来て、木々の葉ずれの音に包まれながら、彼のおずおずとした抱擁《ほうよう》を受けた。彼にそうされることを待ち望んでいたのか、別段、驚く様子もなく、苑子の身体はすぐにやわらかくなり、やがて溶け出した温かいゼリーのようになって彼の胸に預けられた。

マシュマロを思わせるような小さなやわらかい顎《あご》に指をかけ、静かに持ち上げて顔を近づけた時、苑子は初め、それを避けようとする素振りをみせた。だが、ため息まじりに「だめ」と言いつつも、苑子は自分が発した言葉を裏切るかのように、まもなく全身の力をといた。

初めてのくちづけは長く、優しく、甘いものだった。その甘さ、静けさは何度繰り返しても変わることはなかった。

次に開けるべき扉は確かにそこにあり、ノブに手をかけさえすれば、容易に開かれることはわかっていた。だが、決してそれをひと思いに開け放とうとしない苑子の古風な自制心は、行雄を感動させた。

しばらくの間、このままくちづけと抱擁を交わすだけの、大時代的な関係を続けていくのも悪くない、と行雄は思った。こらえにこらえて、ただひたすらその時を待ち望みながら、漸《ようよ》う辿《たど》り着いた果てに、儀式のように執り行われる性交が、自分たちにはふさわしく思えた。そう考えると、かえって強い興奮をかきたてられるのが不思議だった。別れた聡美と再会したのは、そんな苑子との禁欲的な関係を始めて、三ヵ月ほどたった頃のことである。

大学時代の仲間の、結婚披露パーティーに招かれ、会場で聡美の姿が目に飛びこんできたとたん、行雄は、長い間会わずにいた片割れを見つけたように思った。

もともとグラマラスな身体つきをしていた聡美だったが、少し太ったせいか、いっそう女らしさが増していた。広告代理店の男とはすったもんだしたあげく、別れたそうで、聡美は「やっぱり行雄とあのまま一緒にいればよかったな」と言い、ワイングラスを手に屈託なく笑った。

開けっ広げで闊達《かったつ》な、気取りのない話し方がなつかしくもあり、楽しくもあった。そのため、会場でもついついワインを飲みすぎて、二次会三次会とつきあったあげく、行雄は聡美を誘って通りがかりのスナックに寄り、互いに杯を重ね、気がつけば彼女と二人、渋谷にあるラブホテルのベッドの中にいた。

苑子の顔が頭をよぎったが、なぜか、疾《やま》しいことをしているという意識はなかった。慣れ親しんだ聡美の身体は、彼の中にあってしかるべき禁忌《きんき》の感情をたちまち消し去った。

面倒なことはひとつも思い浮かばなかった。しばらくの間、苑子相手にいたずらに抑えつけていた欲望のかたまりは、聡美の中で一挙に解き放たれた。

行雄は学生時代を通して、肉親同様にかかわってきた聡美という女のよさを、およそ初めて知ったような気になった。様々な試練を乗り越えて成熟し、いっそう丸みを帯びて、聡美はまさに、自分の片割れそのものになっている、と感じた。

「また会いたいよ」と帰り際、行雄は言った。本気だった。「いい？」

「もちろん！」と聡美は答え、いたずらっぽく微笑むなり、大きく背伸びをして彼の頬にキスをした。

次に聡美を誘って会ったのは十日後で、それから一週間もたたないうちに、また会った。会えばホテルに行ったが、それが目的というわけではなく、居酒屋のカウンターに向かってとりとめもなく話す、聡美との会話だけでも充分満足した。

五回ほど、そうした会い方を続けた後のことだった。ある晩遅く、行雄が住んでいたワンルームマンションの部屋の電話が鳴った。聡美からだった。

ちょうど苑子と会って川崎まで送り、いつものように雑木林で幼い抱擁とくちづけを交わし、自宅に戻った直後のことである。

酒に酔っている様子でもなく、いつもと変わらずに冗談を飛ばしたり、共通の友人の噂話などをしていたが、やがて聡美は束の間、沈黙した。彼女の様子が妙であることに行雄が気づいたのは、その時だった。

「ん？　どうかした？」

「あのね」と聡美は口ごもった。「ちょっと、折入って相談したいことがあって」

「何だよ、改まって」

「うん。……言いにくいんだけど」

「いいから言ってみなよ」

「……私、ずっとないのよ」

「ない、って何が」

「生理」

そう言ったとたん、受話器の向こうで聡美は深く吐息をついた。その瞬間から、行雄の人生は大きく変わったのだった。

　タクシーは、表通りから奥へ奥へと入っていく。点在する住宅が途切れたあたりに、運転手が言っていた公園があった。児童公園のようだった。

　動物の形をした遊具で子供たちを遊ばせている若い母親の姿が二、三、見えたが、人影といったらその程度だった。公園の裏手の道から、さらに奥まった山沿いの道に入ると、まもなく行き交う車も人の姿もなくなった。

　道は舗装されてあったが狭く、両側には雑木林が続いていた。ところどころに建っているのは、人けのない別荘だった。長い間、使われていないのか、雨戸にみっしりと黴《かび》が生えている家もあれば、落雷でもあったのか、幹の部分が真っ二つに割れて朽ちかけた庭の樹木が、そのままになっている家、白い木製の表札が雨ざらしになり、文字が読みとれなくなっている家もあった。

「あそこですよ。あれが宇部さんのお宅のはずですけどね」

運転手がフロントガラスの右向こうを指さした。行雄は首を伸ばして窓越しに目をこらした。その家を目にしたとたん、いやな味のする唾液が喉の奥に流れていったような気がした。

日当たりの悪そうな一角に建つ、木造平屋建ての小さな、粗末きわまりない家だった。屋根にはかろうじてレンガ色の瓦が載っていたが、あちこちが欠け、厚みを失い、もとあった色を失って、それらは屋根に敷きこまれた病葉《わくらば》のようにしか見えなかった。廃屋と見紛うばかりの家屋のまわりには、枯れた夏草が踏み固められていた。手入れを施された跡はなかった。

錆《さ》びた自転車が一台、奥のほうに立てかけられていた。いつ設置したものか、玄関先の赤い郵便受けだけが毒々しいほど真新しく、目をこらすと、そこには手書きの大きな名札が取り付けられており、「宇部」とあった。

「ここ、ですね」と行雄は言った。ジャケットのポケットに手を入れ、長財布から五千円札を取り出した。「確かにそうみたいだ」

「やっぱりねえ。このあたりじゃ、常住してるうち、ここだけだもんねえ」

宇部の母子を車に乗せ、街のデパートに行ったり、買い物の荷物と一緒にここまで送って来たりしたことがあったかどうか、質問しようとして、行雄はその言葉をのみこんだ。それは明らかに愚問と言うべきだった。この粗末な家に暮らしている老いた母子に、そんな余裕があるとはとても思えなかった。

釣り銭を受け取り、車から降りた行雄は、Uターンして走り去って行くタクシーのタイヤの音の中に、金属をひっかいた時のような甲高い女の声を聞きとった。

ばたん、と大きな音がして玄関のうすい板戸が開くなり、ひどく太って薄汚れた女が外に飛び出して来た。身につけているのは、色あせたパジャマのように見える黄色い花模様のついたネル地の上下だった。首の後ろで結わえた髪の毛はつやを失い、縮れ、ほとんどすべて白くなっていた。

「行雄さん！　行雄さんじゃないの！　まぁ、大変。どうしましょう。ママ、ママ、やっぱり行雄さんよ！　ママったら、どうしたの？　どこにいるの？　早く出て来てちょうだい！　行雄さんが帰って来たわ！」

苑子の中では、二十二年前のまま、時間が止まっていた。肉体だけが、恐ろしく変容している。目をぎらぎら輝かせて走り寄って来る彼女は、脳を冒されて興奮している動物のようにしか見えなかった。

どんな表情を作ればいいのか、わからなかった。行雄は少しおどけた口調で「やあ」と言ってみたが、その言い方は明らかに間が抜けていた。

苑子は、色のうすいくちびるの端に泡のような白い唾液をいっぱいためながら、彼の腕をつかんだ。そこに自分の腕をまわし、上目づかいに小犬のように鼻をならして、「行雄さんたら、ずいぶん待ったわ。やっと帰って来てくれたのね。あたし、泣いてしまいそう」と言った。泣きまねなのか、それとも本当に感極まっているのか、しきりと洟をすすり、手の甲で目をぬぐってみせた。爪はどれも伸び放題に伸びでおり、中には黒い垢《あか》がたまっていた。

「行雄さん、どうしてなんにも言ってくれなかったの？　今日、帰って来てくれるって知ってたら、あたし、もっときれいにしていられたのに。こんな恰好で恥ずかしい」

「いやいや」と行雄は言った。後の言葉が続かない。

「でも、いいわね。あたしって、お化粧しなくても大丈夫だから。行雄さん、そう言ってたもの。そうでしょ？　あたし、どう？　きれい？」

「……きれいだよ、とても」

そう言うためには、渾身《こんしん》の努力が必要だった。だが、言わねばならなかった。それが俺の使命なのだから、と彼は自分に言いきかせた。

戸口の向こうに、一人の老婆が立った。苑子とは逆に痩せ細り、生気を失っている。腰が少し曲がり、背中が丸くなっている。黒い毛糸の帽子をかぶり、灰褐色の丈の長いスカートをはいているせいか、顔色の悪い、死にかけた魔女のようにも見える。そのあまりの衰えぶりに行雄は声を失ったが、それは間違いなく、苑子の母、静江であった。

「お久し振りです」と行雄は小声で言い、腕に苑子をぶら下げたま
ま、深々と頭を下げた。次に何を言えばいいのか、わからなかった。
だが、言わねばならなかった。「会っていただけてよかったです。
……ありがとうございます」
静江はじろりと彼をにらみつけるようにしたが、何も言わなかった。
「ママ。ほら、行雄さんを中に入れて、何かあったかいものでもお出
しして。遠くから帰って来たんだから、行雄さん、お疲れよ。さあ、
大変。ねえ、ママ、今夜のごちそうは何にすればいい？　材料はそろ
っていたかしら」
それには答えず、静江は表情のない虚ろな目で行雄を一瞥《いちべつ》した。苑
子は勢いあまったように行雄から手を離すと、「あたし、お台所、見

てくるわ」と言い、子供のようにはしゃぎながら家の中に戻って行った。

「びっくりなすったでしょう」静江が皮肉まじりに言った。痰《たん》のからんだ、裏返ったような声だった。「これが私どもの住まい。そして、あれが苑子ですよ」

行雄は再び頭を下げた。「ごぶさたばかりで……本当に本当に……申し訳なく……」

「ともかく」と静江は言った。「おいでいただけて、よかったです。長く長く待ちました」

「申し訳ありません」

うつむいたままの行雄に、静江は「謝っていただくのは、もうけっこうですよ」と言った。「あなただって、そんなに謝らなくちゃいけないことだとは思っておられないでしょうし」

「いえ、そんな……」

「いいんですよ。その通りですから」と静江はきっぱりと言った。

「あなたには責任のないことです」

「いや、しかし……」

家の中から、苑子の陽気な歌声が聞こえてきた。きれいなソプラノだったが、何の歌を歌っているのかはわからなかった。

静江はだるそうに言った。「ともかく、立ち話もなんですから、中にお入りください。汚いところですが」

言うなり静江は、ふいに眼の奥に昏《くら》い光をためながら、行雄をにらみつけるようにした。「その前にお願いがあります」

「はあ」

「くれぐれもあの子の言うことを馬鹿になさらないように。何を言われても、何をされても、楽しそうにしていてくださいましね」

思わずうろたえそうになるのを抑えながら、行雄は大きくうなずいた。「もちろんです。約束します」

「それだけしていただけたら、私はもう、何も言うことはありません。あなたの目に映ったものがすべてですから。その上、何もつけ加えることなんか、ありゃしませんから」

聡美が自分の子を妊《はら》んだと知った直後、行雄は苑子とはこれで終わりにしよう、と思った。その思いの中に、一片たりとも逡巡や困惑や不安、後悔、自責の念が生まれずにいたのは、自分でも不思議なほどだった。

もとより、苑子とはくちづけと抱擁を繰り返していただけであり、肌を合わせたことは一度もない。まして結婚を約束したこともなく、それに類するような話をほのめかしたこともなかった。純潔にこだわる昔の若者のような感覚に、新鮮な性的刺激を受けていたに過ぎないのだから、終止符をうつことに対して、それほど大げさに構える必要はない、というのが彼の本音だった。

何よりも彼は、聡美をいとおしく思うようになっていた。聡美との肉のつながりを意識すればするほど、苑子と続けてきたプラトニックな関係が子供じみたものに思えてくるのをどうすることもできなかった。

苑子との逢瀬《おうせ》は、たちまち疎《うと》ましいものと化していった。川崎まで苑子を送って行き、近くの雑木林で人目をしのびながらくちづけし合うことの喜びと興奮は、とっくの昔に消え失せていた。聡美が妊娠してくれたおかげで、苑子とのどっちつかずの関係も解消できると思い、行雄はかえってほっとしたのだった。

聡美の妊娠は、彼に次なるステップを強《し》いたが、その踏み台に足をかけることにみじんも迷いが生まれなかったのも、彼の聡美に向けた情熱の証であると言えた。弾むような気分で、彼は聡美の妊娠を喜び、聡美に結婚を申し込んだ。聡美もまた、同じ想いでいたことを打ち明け、たちまち二人の関係はそれぞれの家族の知るところとなった。

周囲は、二人の結婚に向けて華々しく動き出した。早すぎず、遅すぎない、理想的な年ごろの結婚であることを誰もが讃えた。長いブランクがあったとはいえ、学生時代に始まった交際が実ったことも、祝福の対象になった。

苑子に早く別れを切り出さねば、と思いながら、気ぜわしく時間が流れていった。何度かもっともらしい嘘をついて、退社後に苑子と会うことを断ったのだが、それを素直に受け入れて、疑う様子もなく、少しさびしげにこくりとうなずく苑子は哀れであると同時に、疎ましくも感じた。

打ち明けるのは少しでも早いほうがいい、と思い、或る晩、行雄は覚悟を決めた。苑子と渋谷の路地裏にある洋食レストランで食事をし、その後、静かなバーに飲みに行った時に、話を切り出すつもりでいたのだが、食事の最中にどうした加減か、苑子が「最近の行雄さんは冷たいのね。何か私に隠していることがあるんじゃないのかしら」と言い出したので、計画が大幅に狂った。

まだ食事が済んでいないというのに、彼は事の顚末《てんまつ》を正直に告げなければならない羽目になった。かつての恋人とひょんなことから再会し、関係が復活したこと、彼女の妊娠がわかり、彼女との古くからの結びつきの強さを実感したこと、結婚を決意したことなどを愚かしいほど正直に語りながら、彼は自分の声が少し震えているのを感じた。

苑子は手にしていたフォークとナイフをそのままに、少し目をうるませ、固くちびるを結びながら彼の話を聞いていた。何も言わなかった。乱れることもなく、話の腰を折って質問攻めにすることもなかった。

全部、聞き終えると、しばし沈黙し、その後で苑子は、「わかりました」とひと言、言った。それだけだった。

やがて、手にしていたフォークとナイフを静かにテーブルに戻すと、彼女はナプキンで軽く口もとを拭った。目をふせて、少し肩のあたりをふるわせ、「私、帰ります」と言った。

表情がこわばってはいたが、苑子の顔には、精神に異常をきたす人間の兆候は何ひとつ見当たらなかった。それはいつもの、行雄がよく知っている苑子だった。

送るよ、と言ったのだが、苑子は「いいの」と首を横に振った。

「いや、でもやっぱり送るよ」

「大丈夫。タクシーで帰るから」

「じゃあ、きみがタクシーに乗るのを見送らせてくれないか。心配だよ」

拒絶されるかと思ったが、苑子はそれを受けた。行雄は慌ただしくレジで精算をすませ、明らかに放心している様子の苑子をかばうようにしながら、店の外に出た。小糠雨《こぬかあめ》が降っていた。

無言のまま少し歩くと、空車タクシーが走って来た。彼は大きく手をあげて車を停め、苑子が中に吸い込まれていくのを見守った。

「川崎まで」と彼は車の中に上半身を入れ、運転手に苑子のマンションの住所を告げてから、ポケットをまさぐって一万円札を取り出した。「これでよろしく。釣りは彼女に渡してください」

苑子に何か声をかけてやりたかったのだが、できなかった。何を言えばいいのか、わからなかった。

苑子はまっすぐ前を向いたまま、彼のほうは見なかった。無表情だった。

タクシーのドアが閉じられた。みるみるうちに遠ざかっていく車のリアウィンドウ越しに、苑子の黒髪に包まれた小さな後ろ頭が見えていた。それは彼の視界に焼きつき、消えない残像のようにいつまでも残された。

その晩は金曜日だったが、土曜日曜を経て翌週が始まっても、苑子は出社しなかった。翌日も翌々日も、その週が終わろうとしても、姿を見せなかった。連絡もこなかった。

そのうち、宇部苑子が精神病院に入院した、という噂が社内をかけめぐった。苑子の母、静江から行雄に電話がかかってきたのは、そんな時だった。

行雄から別れを告げられた日の翌日、苑子が風邪薬を大量に飲んで自殺を図ったこと、そんな方法では死ねるはずもないとわかってからは、暴れて自らの身体をガラス窓に叩きつけるなどの行為がおさまらなくなったこと、地域の福祉団体の人々に援助してもらいながら、暴れる娘を押さえつけて精神科に連れて行ったこと、その時にはすでに娘の両目は完全に裏返っていて、白目だけになっていた、ということ……

そんな話を静江は異様に物静かに語った。

どうすればいいのかわからず、行雄は途方にくれた。心底、驚いたし、気の毒だったし、反省もしたし、哀れにも思った。が、一方では、何故、そこまで彼女が錯乱するのか、わけがわからなかった。自分は確かに苑子に別れを告げたが、だからといって即座に発狂し、まともな人生を歩もうとしている自分に迷惑をかけるのは、あまりに理不尽《りふじん》なのではないか。

日毎に腹がふくらんでくる聡美や、結婚の話に沸いている家族の手前、精神に異常をきたした女に救いの手をさしのべてやるだけの余裕が、彼にはなくなっていた。実際のところ、苑子を救うための方法など、何ひとつ思い浮かばなかった。

慰謝料のようなものを払ったほうがいいのだろうか、と考えなくもなかった。できる範囲内で支払ってもいい、とまで思ったが、交際相手に別れを告げた男や女が、そのたびに慰謝料を払うなどという話は聞いたことがない。そもそも、深い関係にあったわけでもない、結婚の約束もしていない相手に、そこまでする必要はあるはずもなかった。要するにこれは、苑子の精神の脆弱《ぜいじゃく》さが生んだ悲劇に過ぎないのだ、と行雄は考えた。その考え方が、彼の中に根をおろし、彼から罪悪感を払拭《ふっしょく》するのに時間はかからなかった。

妊婦である聡美には、事の真相は明かさなかった。そんな話を耳にすれば、いくら聡美とて精神的に不穏になるに違いなく、わざわざこの時期に語って聞かせることではない、と彼は判断したのだった。

時が流れ、風の噂に苑子が正式に退職したという話を耳にした。苑子の容態はわからなかった。静江からは何の連絡もなくなった。社内の人間と必要以上に親しくなろうとしなかった苑子のことを知る者は、彼のまわりに一人もいなかった。

聡美とは杉並にある新築マンションを借り、入籍した。聡美との生活は思っていた以上に楽しく、聡美の妊娠も順調だった。

やがて聡美は、周囲が驚くほどの安産で女の子を産み落とした。赤ん坊に手がかからなくなるのを待ち、順序が逆になったものの、行雄は聡美に結婚式を挙げることを提案した。聡美も二人の家族もそれを喜び、赤ん坊が一歳の誕生日を迎えた直後だったが、二人は都内の結婚式場で慎ましやかな式を挙げた。

何人かの社の人間も披露宴に招待した。中には彼と苑子がかつて、特別に親しくしていたことを知っている者もいたに違いないが、行雄はなるべくそのことは考えまいとした。気の毒な苑子の亡霊はもう消えたのだ、という思いが彼の中にあった。聡美のためにも、苑子のことは忘れなければならない、と思った。

できちゃった婚、の典型として、多くの旧友たちにからかわれながら、娘もまじえて記念撮影をした。笑いが絶えないまま、恙《つつが》なく披露宴と二次会が終了し、彼は妻子と連れ立って、杉並のマンションに帰った。

娘の寝ているベビーベッドの隣の、ダブルベッドに並んで横になりながら、笑い話の続きをし合っているうちに、聡美はよほど疲れていたのか、後ろ向きになって寝息をたて始めた。そんな彼女を後ろからそっと抱きよせて目を閉じると、幸福な睡魔が襲ってきた。

眠りにおちようとした、その時だった。行雄の頭の片隅を、ふいに苑子の気配が横切った。それは苑子そのものではなく、苑子が自分に対して抱いている恨み、憎しみ、悲しみの感情そのもののようにも感じられた。

一瞬、水を浴びたようになったが、彼はただちにその思いを払いのけた。

宇部苑子、の名で、会社にいる行雄あてに長文の手紙が送りつけられてくるようになったのは、それから約三年後。娘が満四歳になり、聡美の第二子妊娠がはっきりし、行雄が苑子のことを思い出さなくなったころのことになる。

玄関に入ると、小さな埃だらけの靴脱ぎ場があり、そこには煤《すす》けたようになったサンダル、黴の生えた革靴、ビニールの長靴などが、何匹ものコオロギの死骸《しがい》と共に散乱していた。古びた茶色いラグマットの上には、しみだらけの深緑色のスリッパがそろえられていた。それを履くようにと苑子に言われ、行雄がそこに足を入れると、ぬるぬると冷たく湿った感触が爪先に拡がった。

廊下とも呼べない空間のすぐ向こうが居間のようで、そこはさながらら、がらくた置き場としか言いようがなかった。とはいえ、ゴミがだらしなく山積みにされているのではなく、目をこらしてみればそのどれもが使用に堪える生活用品ばかりだった。どの家庭にも置かれているものには違いないのだが、それらが何の目的性もなく、ただ無秩序に、しかし何かの偏《かたよ》った計算によるものなのか、奇妙に等間隔に並べ置かれている光景は異様だった。

野良猫の集団がこぞって爪研ぎでもしたかのように、布地がすべてささくれ立っている薄茶色のソファー。肘掛けの部分が一本、折れてしまっている木の椅子。本やら雑誌やら古びた封筒やらが、雑然と載せられているテーブル。映るのか映らないのか、今ではお目にかかることのなくなった旧式のテレビ受像機。家具らしい家具、電化製品といったらそのくらいで、それらの間を埋め尽くすようにして、いくつもの青いアルミのバケツ、錆びた紅茶の罐《かん》、海苔の罐、牛乳の空き壜《びん》、ブリキ製のマグカップと木製のフォーク、汚れた醬油さし、何かの錠剤が入っている薬壜、味噌が入っているらしき壺、割り箸、無数の紙袋、誰のものやらわからない衣類、靴下、煤けた毛布もしくはショール、鼻と片方の耳がちぎれたクマのぬいぐるみ、四角い皿、丸い皿、ひからびた飯粒がこびりついたままになっている空の弁当箱などが、定規で計ったように並んでいる。剝がれかけてしみの浮いた壁紙には、それだけが正常に機能しているらしき掛け時計の他、破れかけた古い映画のポスター、ドライフラワーにした薔薇の花束などに加え、色とりどりのマフラーやハンカチが雑然とピンで留められているのだった。

「行雄さんが帰って来るのなら、もう少し整頓《せいとん》しておいたのだけど、でもいつもこんなものなのよ。私たちのお城ですもの。気楽にしてね。さあ、行雄さん、お座りになって。どこでもいいわ。ええ、そう。そのソファーがいいわね」

苑子に手を引かれ、ぼろ布のようになったソファーに行雄が腰をおろすと、苑子は待ちきれないとばかりに、奥に走り、がちゃがちゃと食器の音をたてながら、丸い木の盆に湯気のたつ飲み物をのせて戻って来た。

コーヒーなのか紅茶なのか、わからなかった。ココアの香りがするような気もしたが、その汚れた白いマグカップに入れられているしろものは、妙にどす黒く、醤油をうすめて火にかけただけのもののようにも見えた。

「さあ、どうぞ、行雄さん。寒いでしょう？　温かいものをお腹に入れるといいわ。ママ、そんなところに立ってないで、こっちにいらっしゃいな。菫のお砂糖菓子があったわよね。ほら、菫の花をお砂糖漬けにしたやつ。ママ、あれ、どこにいったかしら」

「もう食べてしまったんじゃない？」と静江が抑揚をつけずに言った。

「あら、そう。そうだったわね。私ったらうっかり忘れてたわ。それより行雄さん、私の顔を見て。ねえ、あなたの愛する女、あなたが会いたくてたまらなかった女が、今、ここにいるのよ。どんな気持ち？」

行雄はそれと気づかれないようにしながら深く息を吸い、吐く息の中で「いやいや、それはもちろん」と言った。「嬉しいよ」

「そう？　やっぱりね。私だって同じよ。嬉しくて嬉しくてたまらないわ。今日からもう、二度と離れないで一緒にいられるのね。なんて素敵なの。今夜はとっておきのワインを抜いて、乾杯しましょ。ママ、ワインあったわよね。ボルドーとブルゴーニュ。両方とも、年代物がうちにあったはずでしょ」

「どうだったかしらね」と静江は気のない返事をするのだが、苑子はそれを咎《とが》めるでもなく、いっときも沈黙することがなかった。

黒い垢のたまった爪で、ふざけて行雄の手の甲を軽くひっかいたり、腰をよじって笑いかけたり、行雄の肩に頭を寄せて、鳩のようにくぅくぅと喉を鳴らしてみせたり、かと思えば、「行雄さん、私、ちっとも変わっていないわよね？　そうよね？」などと弾んだ声をあげ、「変わっていないよ」と答える行雄の言葉を耳にするなり、一転して悲劇のヒロインのごとく眉をひそめては、「少しくらい変わってもいいのに、私、変ね。変なんだわ。いつまでもこんなに若くてきれいでいられるなんて、おかしいもの。これも全部、行雄さんのせいよ」などと言っては、いたずらっぽく彼をにらみつけるふりなど、してみせるのだった。

多幸症、という耳慣れない言葉を行雄はかつて何かの雑誌で読んだことがあった。小説だったのか、医療関係の記事だったのかは覚えていない。

複雑な精神疾患の一種というだけで、必ずしも正確な医学用語ではなかったはずである。だが、人は生き地獄さながらの不幸や喪失感から逃れるために、人工的に幸福な状態を編み出そうとする生き物である、という内容に、興味を惹かれて読みふけったことがあるのを彼は思い出した。

中には狂気に苦しむあまり、仮に作り上げただけの世界を命懸けで信じようとしているうちに、いつのまにかそれを真実にすり替えてしまう者もいる。過去も現在も未来も、自分は完璧に幸福な時間の流れの中にいる、という幸福な錯覚。現実とは真逆の仮想の真実。それらが完成すれば、たちまち世界は変貌し、苦しみは消え、狂気の新たな発芽も抑えられる。本人は完全な幸福に酔いしれて、狂気はいったん治まったかに見えるが、その状態こそが、実は狂気なのである……要約すれば、そうしたことが書かれてある文章だった。

行雄は今、自分の目の前にいるこの女こそが、まさしくその、「多幸症」を患う患者であることに気づいた。

見たくないものは見ず、聞きたくないことは聞かない。自分がこうありたいと望む状態を人工楽園のように創り出して、その完璧な幸福の中に身を委ねる。古い過去の記憶は消し去り、楽しかったことだけを抽出して、現在の時間の中に溶かしこむ。

しかし、彼女の中で時間はもはや、とうの昔から流れることをやめていた。現実の時間はすべて、彼女にとっては忌《い》まわしい、悲劇をひきおこすものでしかなかった。彼女の知っている時間、優しい時間、彼女のためだけに流れ続ける時間が、彼女には必要なのだった。彼女はそんな時間が流れる世界に身を置き、それを完全に自分のものにすることに成功したのだった。

その意味で、苑子は地獄の底から生還した成功者であった。神と化して生きていくための光を創造することができた天才、と言うこともできた。

室内が冷えてきたせいか、苑子が間断なくしゃべり続けながら石油ストーブをつけようとした。静江がそれを制した。皺だらけの、少し震えが出ている手をのばして、静江自身が着火したのは、古いアラジンのストーブだった。

ストーブだけは、このふしぎな時間のねじれの中にある室内にあって、かろうじて年代物の美しさを保っていた。だが、他のものはすべて苑子の頭が創り出した架空の美に過ぎないように、行雄には思われた。

苑子が手紙で書いてきたようなものは、ひとつも目に入らなかった。360度パノラマになっているバルコニーもなければ、彼女が行雄に手紙を書いていた、というライティングデスクもない。銀の燭台、ゴブラン織りのクッション、レースの敷物、エミール・ガレのランプもない。モーツァルトを聴くための音響装置も見当たらず、暖炉のある寝室はおろか、薔薇色の天使の羽のような、うすいレースが下がっている天蓋つきのベッドも、薔薇色の羽布団もない。

母子の寝室らしき狭い部屋が、居間の隣にあったが、そこに行雄が覗き見たのは、何枚もの薄汚れた布がかかっているニつのうすい寝床、周辺に散乱している夥《おびただ》しい数の衣類、そして、白いホウロウの、子供用とおぼしきおまるだけだった。何故、そんなものがそこにあるのかは不明だった。

静江が疲れ果てたようにソファーに腰をおろし、そして言った。

「今日はありがとうございました。いつでも、お帰りになりたい時に言ってください。タクシーを呼びますから」

苑子は台所とおぼしき空間で、鼻唄を歌いながら忙しそうに何かやっている。時折、少女のような甲高い声をあげては、「困ったわ。コンデンスミルクを切らしちゃってる」などと言っている。

行雄は小声でひそひそと静江に話しかけた。「しかし、このまま僕が帰ったりしたら、彼女はどうなります。錯乱してしまうんじゃ……」

「ご心配なく。あなたとこうやって会えたことだけが、あの子の中に残るんですから」

「いや、でも、いくらなんでも、もう帰ると言ったら、引き止められるに決まっているでしょう」

「夕食の材料を街まで買いに行く、とおっしゃればいいんです。それで納得します」

「それだけで？」

「ええ、それだけで。数分後には、もう、あなたがここに帰って来た、という記憶だけがあの子を幸せにしてくれます。そのまんま、あと五年や十年は、あの子は幸せでいられます」

それはずっと、今日のこの日が続く、ということなのか、と行雄は思った。五年たっても、十年たっても、今のこの時間がこのままの形で、彼女の中にとどまっている、ということなのか。

「お子さん、大きくおなりでしょうね」静江が、ストーブの黄色い火を見つめながら話題を変えた。

苑子は歌いながら、水道を流し、両手を使って何かを洗っている。

行雄はちらりとそちらを見ながら、「ええ、まあ」と言った。

「お二人、でしたっけ」

「はい。二人とも娘で、上の子は今年、大学を卒業して就職しました。下の子はまだ学生で、一緒に住んでいますが」

静江はストーブに向かって、骨ばった片手をかざした。「そんなに大きくおなりになったのね。そりゃあそうですよね。あなただってもう五十？」

「ええ、はい」

「長い時間がたちましたわね。奥様はお元気で？」

「おかげさまで」

「それはなにより」

行雄は黙ったままうなずいた。「立ち入ったことですが」

「はあ」

「生活のほうは、大丈夫でいらっしゃるんでしょうか」

「さあ、どうですか。でも、たとえ大丈夫でなくても、それはあなたが気になさることではないですよ。やっと約束を果たして、今日、こうやって娘に会いに来てくだすったんですから。満足しています。もう、すべてお忘れください。こんなみすぼらしいところに長居は無用です。そろそろ車、お呼びしましょうか」

しばし、静江を見つめたが、静江は目を合わせようとはしなかった。行雄は「お願いします」とだけ応えた。

タクシーがやって来ると、外の車の音が耳に入ったらしく、台所から苑子が走り出て来た。苑子が疑いをさしはさむ前に、と考えたらしく、静江は「お買い物よ」と言った。「行雄さんにお買い物に行っていただくの。そうしていただかないと、うちにはなんにも材料がないでしょう？　せっかくのお夕食なんだから、いいものをそろえなくちゃ」

「あら、ほんと。そうよね。でも行雄さん、一人で大丈夫？　何を買えばいいのか、わかる？」

一緒についていく、と言い出さんばかりの勢いだったので、行雄は内心慌てながらも苑子に微笑みかけ、「大丈夫」と言った。「スーパーの場所もお母さんから聞いたし、僕の食べたいものを買ってくることにするから」

「それは素敵。名案だわ。行雄さんが食べたいものを買って来てくれるんだったら、私もお料理を作るのが楽になるもの。ワインはあるのよ。あるはずなの。だから何か他の飲み物が飲みたければ、買ってきてくださる？」

「もちろん」

「それとね、デザートにケーキも食べたいな。いいかしら。栗の載ったケーキがあればいいんだけど。モンブランとか」

「わかった」と行雄は鷹揚《おうよう》にうなずいた。「モンブラン、買ってくるよ」

「嬉しい！　ねえ、ママ。ママは何のケーキにする？　せっかくだから、行雄さんにおねだりしたらいいわ」

静江はゆっくりと首を横に振った。「いえ、私はいいのよ」

「遠慮しちゃって、ママったら。ママはショートケーキが好きじゃない。ほら、苺の載った白いショートケーキ。ケーキといえば、ママはいつもあれだったじゃない」

その昔、休日に川崎のマンションに住む苑子を訪ねた時など、静江がコーヒーと共にケーキの箱を見せ、「どれになさる？」とにこやかに訊いてきたことを行雄はふいに思い出した。

チーズケーキやモンブランに混ざって、箱の中には必ず苺の載ったショートケーキが入っていた。生クリームが苦手な行雄がショートケーキ以外のものを選ぶと、苑子はいつも「ママ、よかったわね。行雄さん、ショートケーキを残してくれたわ」と言って笑ったものだった。

「お母さん用のショートケーキも買ってくるよ」と行雄は言った。

苑子に微笑みかけた。何故なのかわからないが、鼻の奥が熱くなった。

「ありがとう、行雄さん。待ってるから気をつけて行って来てね」

と苑子は言い、行雄の腕に腕をからませてきた。「外までお見送りするわ。これから毎日、そうするのよ。素敵でしょう？」

太って、肉の塊のようになった苑子の身体は途方もなく重たかった。そんな彼女を引きずるようにしながら、行雄は玄関まで行った。

ドアを開けると、水色の車体のタクシーが停まっているのが見えた。気温が下がってきたらしく、もうもうと排出される排気ガスは、白く濁《にご》っていた。

風が少し出ており、周囲の木立の枯れ枝を揺すっていた。あたりには、堆積している落ち葉の乾いた香りがたちこめていた。もうじき冬だった。

「じゃあ、行ってくるから」と行雄は言い、腕にからみついている苑子の手をそっとはずした。苑子の手は湿っていた。

「行ってらっしゃい。気をつけてね、行雄さん。暗くならないうちに戻ってね」

行雄が戸口に立ったままの静江を見ると、静江は軽く会釈を返してきた。枯れ枝のように細い腕が少しだけ上げられた。行雄もそれに合わせて、軽く手を振った。

タクシーのドアが閉じられた。窓越しに彼は苑子に手を振った。苑子は子供のように、両手を大きく宙に掲げて振り返してきた。その顔には日だまりで寛《くつろ》ぐ猫のような、幸福そうな笑みが拡がっていた。

枯れ葉を踏みしだいて走り出した車の中、行雄は窓外を流れる枯れ木立の林を視界におさめながら、胸がふさがる思いをどうすることもできなくなった。そして、この二十年間、真に幸福だったのは自分ではなく、苑子のほうだったのかもしれない、と考えて、思わず慄然《りつぜん》とした。

本書は、株式会社講談社のご厚意により、講談社文庫『千日のマリア』を底本としました。但し、頁数の都合により、上巻・下巻の二分冊といたしました。

千日のマリア　上

（大活字本シリーズ）

2021年5月20日発行（限定部数700部）

底　本　講談社文庫『千日のマリア』

定　価　（本体3,000円＋税）

著　者　小池真理子

発行者　並木　則康

発行所　社会福祉法人 埼玉福祉会

埼玉県新座市堀ノ内3—7—31　〒352—0023

電話　048—481—2181

振替　00160—3—24404

印刷製本所　社会福祉法人 埼玉福祉会 印刷事業部

ISBN 978-4-86596-415-8

大活字本シリーズ発刊の趣意

現在，全国で65才以上の高齢者は1,240万人にも及び，我が国も先進諸国なみに高齢化社会になってまいりました。これらの人々は，多かれ少なかれ視力が衰えてきております。また一方，視力障害者のうちの約半数は弱視障害者で，18万人を数えますが，全盲と弱視の割合は，医学の進歩によって弱視者が増える傾向にあると言われております。

私どもの社会生活は，職業上も，文化生活上も，活字を除外しては考えられません。拡大鏡や拡大テレビなどを使用しても，眼の疲労は早く，活字が大きいことが一番望まれています。しかしながら，大きな活字で組みますと，ページ数が増大し，かつ販売部数がそれほどまとまらないので，いきおいコスト高となってしまうために，どこの出版社でも発行に踏み切れないのが実態であります。

埼玉福祉会は，老人や弱視者に少しでも読み易い大活字本を提供することを念願とし，身体障害者の働く工場を母胎として，製作し発行することに踏み切りました。

何卒，強力なご支援をいただき，図書館・盲学校・弱視学級のある学校・福祉センター・老人ホーム・病院等々に広く普及し，多くの人人に利用されることを切望してやみません。